格桑花开

李雅君·著

西藏人民出版社

图书在版编目（CIP）数据

格桑花开 / 李雅君著 .-- 拉萨：西藏人民出版社，2020.6

ISBN 978-7-223-06495-8

Ⅰ．①格… Ⅱ．①李… Ⅲ．①散文集－中国－当代 Ⅳ．①I267

中国版本图书馆 CIP 数据核字（2020）第 083512 号

格桑花开

作　　者	李雅君
责任编辑	张慧霞　苏远尚
封面设计	格　次
版式设计	周正权
出版发行	西藏人民出版社（拉萨市林廓北路 20 号）
印　　刷	拉萨市明鑫印刷有限公司
开　　本	787 × 960　1/32
印　　张	5.875
字　　数	110 千
版　　次	2020 年 6 月第 1 版
印　　次	2020 年 6 月第 1 次印刷
印　　数	01–1,000
书　　号	ISBN 978-7-223-06495-8
定　　价	32.00 元

序

2019年3月28日，是西藏民主改革60周年纪念日。轰轰烈烈的西藏民主改革，彻底摧毁了旧西藏政教合一的封建农奴制度。这片被称为“世界屋脊”的古老土地，从此翻开了历史全新的一页。短短六十载，跨越上千年。西藏百万翻身农奴当家做了主人，开启了西藏从野蛮走向文明、从专制走向民主、从落后走向进步的光辉历程。今天的新西藏，雪山依旧，却换了人间。

2019年7月9日，是我大学毕业离开母校哈尔滨师范大学40周年纪念日。

40年前，我和我的67位同学完成学业，打起背包，肩负使命，告别母校，吻别故土，走向西藏，投身于社会主义新西藏的建设和发展事业。

40 年后的今天，我们把青春留在了西藏，思恋也留在了西藏。西藏，成为我们的第二故乡。我们的成长、我们的事业、我们的生活、我们的友谊、我们的故事，充满着浓浓的西藏情结，渲染着格桑花的色彩。

如今，我们虽已年过花甲，但是西藏岁月的记忆，却从来未曾模糊。

有一首歌曲《老西藏》这样唱道：

轻轻地叫您一声老西藏
您来了
就把根留在了西藏
献了青春献子孙
轻轻地叫您一声老西藏
您来了
就把心留在了西藏
献出忠诚献生命
多少年的风霜
露出了脸上的高原红
多少人的青春
就是酥油茶的味道
多少人的朋友
就是太阳下的兄弟
无论在与不在

无论走与不走
你们把生命种在这里
花开的时候
轻轻地叫您一声老西藏
老西藏!

每每听到这首歌，都会让我热泪盈眶，勾起难忘的回忆。

千万朵美丽的格桑花，盛开在雪域高原!

《格桑花儿开》，敞开记忆之门，撷取一束吉祥的格桑花，献给我的母校、老师，献给我的西藏兄弟姐妹，献给我的亲人，献给关心西藏热爱西藏的朋友们。感恩母校和老师对我的培养，感恩在西藏一起工作生活的兄弟姐妹们给予我的帮助，感恩我的亲人几十年来对我的理解与支持!

祝好人一生平安!

目 录

第一篇　响应号召 奔赴西藏

随着西藏社会主义建设对人才的迫切需要，早在上世纪60年代，就开始从全国各地一些重点大学，包括人民大学、中央民族大学、北京师范大学、复旦大学、华东师范大学、东北师范大学、陕西师范大学等，陆续选派一些优秀毕业生，进藏支援西藏经济文化建设，但是数量不多。到了上世纪70年代末，国家进一步采取有力措施为西藏输入优秀人才。教育部委托内地10个省市，包括山东、山西、河南、河北、上海、江苏、湖北、黑龙江、陕西、四川的10所高等院校分别为西藏定向招生、定向培养、定向派遣一批不同专业的大学毕业生支援西藏。

1976年9月，当时在国家尚未正式恢复高考的情况下，黑龙江省在全省范围内通过层层推荐，从生产建设兵团、农场、农村选拔了 70 名下乡回乡知识青年，进入哈尔滨师范大学中文系、数学系，为西藏培养师资。我有幸被推荐选拔，成为中文系 (西藏班) 学生。

1979 年 7 月初，我们顺利完成学业。哈尔滨师范大学西藏班的 67 名毕业生（中文系西藏班 34 人），由学校副校长贾养洲、中文系党总支书记顾家骥、数学系柴书记、辅导员曹祖亢等同志带队，随行一名校医，从东北哈尔滨向祖国的西南边疆——西藏出发。

我的中学老师都本远听说我们即将奔赴西藏，作诗送行，饱含担忧、牵挂与期望：

君行万里去拉萨，
松树青青杨柳杀。
借得西南藏江水，
浇灌东北向阳花。

学姐袁晶明久久地拥抱着我，含泪深情地说：“好妹妹，我们真的就要分别了，你即要远在天边，我会惦念你的！思念，只能梦中相见。真盼啊，盼望妹妹快回来，盼望我们再相见！”

学友一兵在送给我的笔记本上写道：

愿你做——

凌冰怒放的雪莲，

击天翱翔的雄鹰！

记得从哈尔滨出发的那一天，晴朗的天空突然电闪雷鸣，下起瓢泼大雨。学校的许多老师、同学、校友都自发地冒雨前往火车站为我们西藏班送行。站台上，雷声、雨声、广播声、告别声混杂在一起震耳欲聋，雨水、泪水洗刷着一张张送别的脸庞。

由于当时信息渠道的局限性，人们对西藏情况了解甚少。记得曾经看过电影《农奴》，是一部反映西藏封建农奴制度的故事片。影片描写了在旧西藏野蛮残酷的封建农奴制度下，小奴隶强巴过着非人的生活，他装成哑巴，用无声来表示反抗。解放军进藏后，治好了强巴的病。强巴揭露了奴隶主阻挠西藏和平解放的罪行，多次在危急中被解放军所救。农奴最终获得彻底解放，强巴终于开口说话。从电影中我们看到了西藏的雪山，了解了旧西藏的残酷与黑暗。

现在的新西藏又是什么样子呢？这次出发，前方路途有多远？这次告别，何时才能再回来？现在回想起来，当时的送别场面，不仅热烈，还颇有一点儿悲壮感。

第二篇　漫漫进藏路

随着车轮缓缓启动，我们开始了奔赴西藏的漫长旅程。那时候人们进出西藏主要是走陆路，民航飞往拉萨的航班不多，每周只有 1—2 个航班。

我们进藏的旅程大致经历了三个阶段：

一、离开家乡到北京

二十几个小时的火车，我和绝大多数同学坐的硬座，只有几个身体比较弱的女同学被照顾睡的卧铺。远行之始，大家望着车窗外渐渐远去的家乡故土，在兴奋与留恋中，时间过得很快，似乎并没有感觉到累，第二天就到了首都北京。

时任教育部部长蒋南翔同志接见了我们，并召开了座谈会。在会上，教育部领导向我们介绍了西藏的经济社会发展状况、党和国家对西藏建设发展的英明决策，阐明青年大学生支援西藏的光荣使命和重要意义，勉励我们克服困难，在雪域高原为建设西藏做出贡献。我被指定作为学生代表在座谈会上表态发言：决不辜负党和国家的殷切希望，为建设社会主义新西藏贡献青春年华。

毕业进藏前留影

我们被安排住在北京崇文饭店。期间，教育部组织我们瞻仰了毛主席纪念堂，参观游览了天安门、故宫、人民大会堂、军事博物馆、颐和园、长城等名胜古迹、著名景点，还观看了一场精彩的国家级水平篮球赛。

二、从北京到柳园

一周以后，我们从北京坐上火车，继续向西藏进发，驶向第二个目的地——远在甘肃西部的柳园车站。由于路途遥远，全体同学坐的卧铺。

那个年代我们国家还没有高铁，老式的绿皮火车“哐当哐当”地速度很慢，大站小站都要停。经过三天两夜的行驶，穿越河北、河南、山西、陕西、甘肃等省，我们到达了柳园。

柳园位于甘肃省酒泉市瓜州县，东迎嘉峪关，西通新疆哈密，南与敦煌相接，北与肃北马鬃山相连，是连接甘、青、新、藏四省区的陆路交通枢纽，素有“旱码头”之称。

茫茫戈壁滩上的柳园，吃水难、用水难超乎想象，完全依靠火车从外地把水运到柳园火车站，储备起来，人们吃水用水都要到火车站去拉水，所以在那里才第一次真正体会到了什么叫“滴水贵如油”。

我们住在西藏交通厅驻柳园转运站。刚到的时候，由于我们不知道缺水，青年学生爱干净，洗手洗脸洗衣服一如在家那样哗哗地用水，被转运站工作人员看在眼里，惜在心上，急忙跑过来告诉我们水的来之不易，希望大家节省用水。后来我们用水就很仔细了，用脸盆端一点水，先洗脸，然后再把水留着洗手洗衣服或者洗脚用。

柳园属于干旱地区，当地种植不了青菜，在那里住了一个星期很少吃到青菜，多是食用干菜和罐头、腊肉等。那时我平生第一次吃到了腊肉炒腐竹，不好吃。还有一个菜名叫“蚂蚁上树”，其实就是粉条炒腊肉丁，只觉得腊肉的味道怪怪的，真难吃啊！

西藏派来接我们的汽车还没有到达，我们只好一边等待，一边休息。同学们还是有吃苦准备的，并且一直在积极想办法。

有些同学听说西藏没有菜吃，就在柳园买了不少咸榨菜疙瘩，在房前空地上铺起旧报纸，把榨菜疙瘩晒干，准备带到西藏当菜吃。几天后，榨菜疙瘩表面出现一层黏糊糊的东西，并慢慢生出一层绿毛，开始腐烂变质，难闻的异味招来苍蝇嗡嗡乱飞。买咸榨菜的做法宣告失败。

又听说西藏物资匮乏，有些东西买不到，许多同学赶紧跑到当地一个不大的商店去买了很多生活必需品。我买了十几包卫生纸、十几块肥皂、两瓶雪花膏，装了满满一个手提包。心里核计着，到了西藏省着点用，应该能够用两年的了。

后来我们到了西藏才知道，西藏其实是有商店的，这些日常的生活用品也是可以买到的。只是因为当时我们对西藏的了解太少，才闹出一大堆类似的笑话来。

一周以后，接我们的汽车到了。西藏自治区教育厅政治部副主任李发祥同志和拉萨市文教局的杜科长来接我们。李主任首先宣布了第一批分配名单，其余同学到达拉萨以后再宣布。第一批分配名单中，我们班有五人分配到格尔木西藏办事处，四人分配到那曲地区，两人分配到西藏民族学院。

三、穿越青藏线

去西藏，再往前已经没有铁路，只有一条青藏公路蜿蜒伸向遥远的天边。当时的青藏公路担负着百分之八十的进藏物资运输，被称为世界屋脊上的“苏伊士运河”。

我们转乘汽车，朝着目的地——西藏拉萨艰难地行进着。那时候的青藏公路是沙土路，坑坑洼洼，凹凸不平。行驶的汽车上下颠簸，我们的身体随着汽车大起大落，忽而脑袋撞到车顶上，忽而又重重地跌落下来。前边不知道是谁的头被撞疼了，“啊”地叫一声；后边又不知道是谁的屁股被摔得太疼，忍不住咧嘴深沉地“哼”一声！

汽车行驶了一整天，夜幕中到达历史文化名城——敦煌。提起敦煌，很多人脑海中自然就会浮现出漫天的黄沙、莫高窟里边的“飞天”与古佛、浓浓的西域风情。敦煌古城位于河西走廊的最西端，地处甘肃、青海、新疆三省（区）的交汇处，是丝绸之路的节点城市，也是进入新疆、西藏的门户，以“敦煌石窟”“敦煌壁画”闻名天下，是世界文化遗产莫高窟和汉长城边陲玉门关、阳关的所在地。

到达敦煌的第二天，李主任组织同学们集体参观了敦煌莫高窟。莫高窟，俗称千佛洞。它始建于十六国的前秦时期，历经十六国、北朝、隋、唐、五代、西夏、元等历代的兴建，形成巨大的规模，有洞窟 735 个，壁画 4.5 万平方米，泥质彩塑 2415 尊，是世界上现存规模最大、内容最丰富的佛教艺术地，被列为世界文化遗产。以前曾经在书中看过，这次如能亲临近前观赏，那将是何等不同寻常的感受啊！

可是，因为赵洪平、柳春燕二位同学原计划要在敦煌举行婚礼，为了筹备他们第二天的婚礼，我没有去参观莫高窟。结果赵洪平、柳春燕又由于异地办理结婚登记手续不全，在敦煌没能顺利登记，故推迟了婚礼。

我们告别送行的学校领导和分配到西藏民族学院的同学，乘坐汽车继续前行。

窗外是湛蓝的天空、美丽的流云。我们新奇地看着远方群山连绵，观赏各色云彩变幻。汽车一路爬坡，前方已经能远远地看见当金山。当金山西接阿尔金山，北接祁连山，面对昆仑山，山势巍峨雄伟。在驼铃声声的古代，当金山口曾是丝绸之路上必经的重要山口。越过海拔 3800 多米的当金山口，就要进入青藏高原了。

这时候，突然迎面开过来几辆汽车，一边鸣笛一边大声呼喊着示意我们停车。原来，前方发生了险情，祁连山突发特大洪水，路桥已被冲毁不能再往前走，让我们赶紧往回撤。我们的汽车立刻掉头往回开，就这样一场大水把我们再一次赶回了柳园。

在柳园又等待了一周时间，直到洪水退去，道路修通，我们的汽车才再次出发。沿途经过敦煌、当金山、鱼卡、大柴旦、德令哈，8 月 4 日到达格尔木。“格尔木”是蒙古语的音译，意为“河流密集的地方”。格尔木地处青海省西部、青藏高原腹地、欧亚大陆中部，昆仑山、唐古拉山横贯全境，山势高峻，气势磅礴，雪峰连绵，冰川广布，冰塔林立，河流纵横，湖泊星罗棋布，是长江和澜沧江的发源地。盐湖碱滩沼泽众多，察尔汗盐湖是世界最大的盐湖，号称“盐湖之王”。格尔木是通往新疆、西藏等地的中转站。

分配到格尔木的赵洪平、柳春燕、刘忠伟、关德范、穆艳芬五位同学就在这里报到了，格尔木中学校长彭隆全同志率领学校全体教师热烈欢迎这些新来的大学毕业生。

第二天，在格尔木办事处中学礼堂，我们全班同学和格办中学的老师们一起为同窗情侣柳春燕、赵洪平举行了简朴而热烈的婚礼，虽然没有披上婚纱、也没有拍下照片，但是，圣洁的雪山和蓝天白云见证了他们牵手一生的婚礼！学校为他们准备了新房、新被子、新床单、新枕巾，同学们还凑钱买了生活用品送给新郎新娘，祝福他们相亲相爱，同甘共苦，生活幸福！

8 月 6 日，我们告别了留在格尔木的同学继续前进。过了格尔木，汽车在海拔越来越高的青藏公路上奔驰。沿途经过了西大滩、沱沱河、雁石坪、五道梁，爬上海拔 5231 米的唐古拉山口（唐古拉山顶最高处海拔 6000 多米）。“唐古拉”，藏语意为“高原上的山”，蒙语意为“雄鹰飞不过去的高山”。山上终年白雪皑皑，风雪交加，号称“风雪仓库”。唐古拉是青海和西藏的分界线，山口处竖有纪念碑和标志碑，是沿青藏公路进入西藏的必经之地，也是长江的发源地。我们行进在世界海拔最高的公路上。抬眼望去，虽然时值盛夏，可是这里的江河凝聚为晶莹的冰川，浪花沉默成无言的冰雕，静静地驻守着。山口气候极不稳定，即使夏天，公路也经常被大雪封锁，冰雹霜雪更是常见，空气含氧量只有海平面的六成。

气候越来越恶劣。由于连日长途坐车的疲惫，同学们渐渐感到缺氧严重，陆续出现恶心、呕吐现象，有人开始吸上了氧气。我的体质算是好的，在五道梁兵站的时候有点反应，但是也不像其他同学那样反应强烈，只是稍有些头晕和恶心。

李主任和杜科长细心地照顾我们，为了能让同学们喝上开水，他们趁着停下休息一会儿的间隙，跑到河边去刨冰铲雪，用汽车上的汽油喷枪烧开水给大家喝，又温了一桶热水供同学们洗手洗脸用，同学们感到很温暖。

我和穆常丽的座位挨在一起，我们俩互相照顾着。寂寞的时候，我们俩就轻轻地哼支歌曲，既消弥孤寂，又不打扰其他同学。王兆全坐在我们的后排，看到我的头发上有很多尘土，他主动摘下自己戴的黄色军帽，让我戴上。他还把自己的手电筒让给我们女生，方便我们在夜宿兵站时上厕所照路用。

风尘仆仆行驶一天，到了晚上下车时，同学们浑身上下都是灰土，只有眼睛和牙齿是白的。

就这样我们在青藏公路上日行夜宿，早晨天不亮从兵站出发，天黑以后赶到下一个兵站食宿。全程翻越了四座大山——昆仑山（4700 米）、风火山（4800 米）、唐古拉山（山口海拔 5231 米）、念青唐古拉山（5300 米）；跨过了三条大河——通天河、沱沱河、楚玛尔河，平均海拔 4500 米。

穿过了藏北羌塘草原。

我们行进在青藏公路上，虽然有恶劣气候的考验，有严重缺氧的不适，有数日乘车的疲惫，有刺骨的风雪交加，也有抛锚带来的恐慌……，但莽莽逶迤的昆仑，浩瀚无边的无人区，一望无际的盐湖，清澈透明的高原圣湖纳木错，辽阔无限的那曲当雄大草原，随处可见的牦牛羊群，还有那散落在草原上的帐篷、经幡、玛尼堆，令人訇然震撼，心旌摇荡，一种自然升腾而又超越自我的感受，坚定着我们这支顽强的进藏队伍。

翻过唐古拉山，进入西藏，过了安多，到达那曲。我们班的叶小元、蔡丽华、蔡觉权、张学东四位同学留下报到。

那曲地区地处西藏自治区北部，也就是人们常说的“藏北”。西靠阿里，东临昌都，北接新疆和青海，整个地区位于可可西里、唐古拉山脉、念青唐古拉山脉和冈底斯山脉之间，平均海拔 4500 米以上。叶小元、蔡丽华、蔡觉权、张学东四位同学留在了艰苦的那曲地区工作，他们无怨无悔，一到那曲，就毅然决然地报到了。

余下的其他同学第二天一大早天还没亮，就坐上汽车继续前行，当天夜里终于抵达目的地——拉萨。那是 1979 年 8 月 9 日。

拉萨，我们终于到达西藏拉萨了！

第三篇 情定敦煌

进藏之前怎么也想不到，我的终身大事，竟然会结缘柳园、情定敦煌。说起来还有点儿传奇色彩。

一、红娘团队

1979 年 7 月，我们班集体进藏。当时我 24 岁，还没有男朋友。在柳园等车期间，一天晚饭后，老班长王惠生来找我。他比我们年长几岁，大家习惯叫他老班长。他说要跟我聊聊天儿。我们走到转运站院子靠近南墙的一个大木堆旁边，他笑眯眯地问我："你觉得咱们班的小朱这个人怎么样？"他说的小朱，就是我的同班同学、后来成为我爱人的朱凤相，第一批宣布的分配方案里有他，已经确定他被分配到西藏民族学院工作（这所学校位于陕西省咸阳市，是西藏和平解放以后党中央在祖国内地为西藏创办的的第一所高等学校）。

这位小朱我怎么能不熟悉呢？他与我不仅同班，而且还是同组，同窗几年始终坐在我的后排，我们经常一起探讨学习方面的问题。他酷爱学习，人也聪明，写得一手好字，穿着朴素干净，长得也还算过得去，白白净净。只是平时不大热心班集体的事情，在我心目中，他属于“两耳不闻窗外事，一心只读圣贤书”的那类人。我和他曾经还发生过一点儿“小过结”，那是刚入学不久的事。我当班长，就动员他当个小组长为大家服务一下。没想到从那以后，教室里就再也难见到他的踪影了，下了课他就急忙往图书馆跑，或者回宿舍看书。这不是摆明了给我软钉子吗？哼！你不干就不干呗，躲什么呀？

老班长说：“咱们马上就到西藏了，你孤身一人，小朱也没有女朋友，你们俩学习成绩都不错，彼此情况也都了解，可以考虑考虑嘛！”对老班长的话，我当时只是笑了笑，没有表示什么，只当聊聊天吧。然而，在接下来的几天时间里，又陆续有几个人来找我，同班同学吕延蔚大姐、柳春燕、赵洪平，就连送我们进藏的系书记顾家骥老师、辅导员曹祖亢老师也都分别找我谈起这个事儿。我的心里就有点纳闷儿：这么多人怎么跟我谈的都是同一件事啊，这是他们商量好的吗？是否需要认真考虑一下呢，还是……？后来我搞清楚了，原来是大家不谋而合地想到了同一件事情。哈哈，既然有这么多人关心我且看好这件事，我也不好意思再说别的了，那就和他谈谈吧！

二、雨中信物

到敦煌的第一天，吃完晚饭，柳春燕跑来告诉我说："小朱找你，他在马路那边等着你呢，你快过去吧！"我点点头就去了，和朱凤相同学站在马路边的一个小沙堆旁聊起来。我说的第一句话，让他出乎意料不知如何回答："你说说我的主要缺点是什么吧？"他似乎完全没有这个思想准备，没反应过来，一下子愣住了。我说："嗨，你连我的主要缺点都不知道，怎么能叫了解呢？"现在回想起来觉得挺有意思，那哪像是谈恋爱的语言啊，倒像是严肃的组织谈话。他沉思片刻，说："你有点太艰苦朴素了。"我说："艰苦朴素应该是优点吧？"刚说了没几句话，天空下起了毛毛细雨，淅淅沥沥。我们挪了一个地方，想找棵大一点的树遮遮雨，可是敦煌本来也就没有什么大树，只好站到旁边一棵小树下，树冠太小，根本就遮挡不住雨，很快头发衣服就被淋湿了。天公如此不作美，我们只好匆匆地聊了一小会儿。临别，他从兜里掏出一支钢笔送给我，让我以后给他写信，我也从兜里掏出一个小日记本送给他，算作是纪念信物。我在送给朱凤相的日记本扉页上写道：

凤相同学
愿你我共勉：
发奋学习，谦虚谨慎；
努力工作，戒骄戒躁；
天涯海角，友谊如宝。

同学．雅君
1979 年 7 月 24 日

我们约定以后通信，就握手告别了。

三、缘起《两地书》

第二天早上，天刚蒙蒙亮，我们乘坐的汽车便要出发。朱凤相同学站在不远处，我们互相挥挥手便各奔前程了。他和学校领导、老师一起回柳园，再乘坐火车去陕西咸阳西藏民族学院报到，我们大队伍则坐上汽车继续向西藏拉萨挺进。因为遭遇祁连山发大水冲毁公路，我们当天晚上又被迫返回柳园。他们已经于早晨离开柳园上了火车，第二天听说铁路也被洪水冲断了。

就这样，既没有缠缠绵绵，也没有海誓山盟，更没有花前月下的浪漫，轻轻松松、简简单单、平平常常、顺其自然的几句话，竟然成就了我们几十年同甘共苦、相知相惜、相濡以沫的平凡爱情。

顾家骥书记 1979 年 7 月 29 日有感，作诗一首《送凤相雅君两同志》：

万里西行誓远征，
夙愿尽在画图中。
咸阳城中攻书史，
戈壁滩头并蒂生。
喜泪盈盈话长别，
万里迢迢心相通。
似花着锦美无限，
老夫欣然贺前程！

1979 年 8 月 16 日我在给朱凤相的信中写道："凤相：你到民院后具体的工作单位确定了吗？我想，不论在哪里，都是我们的岗位，我们的肩上都有责任，我们都只有理由把它干好，没有半点权利干坏。趁你我都还年轻，除了干好本职工作外，都要争取时间更多地学习掌握新知识和工作本领，深入钻研业务，让我们的青春在纯洁、幸福的爱情滋润中，让我们的年华在理想和事业中闪光！我深信，一个人分到好单位不一定干得好，分到差的单位也不一定干得不好，事在人为。我们的人生道路不一定平坦笔直，可能会遇到沙漠，但也会有绿洲，而且更多的是绿洲。努力的结果终会报人以绚丽的花朵和灿烂的春天！咱们的相处仅仅是刚开始，仅仅一次短暂的谈话就分别了，说来是有些遗憾。有幸咱们同窗三载，虽未深处，但毕竟是有一定了解的。你我虽然相隔遥远，但只要坚定信念，互相忠贞，爱情之花就一定会向我们开放！但是我们的基点切不可转移，我们的基点要建立在互相信任、互相关心、互相鼓励、携手并肩前进之上，脱离低级趣味，从爱情中汲取信心和力量，切不可因为它而影响工作学习，那将是你我都不希望的。你说对吗？”

1979 年 8 月 23 日朱凤相在给我的回信中写道：“雅君：请放心吧！我会正确对待爱情、学习和工作这三者间的关系的。虽然爱情中既有幸福又有痛苦，但是它们之间也是相辅相成的。幸福，从表面看来是一件好事，哪个人不希望求得幸福？然而，幸福往往也会使一些不懂幸福的人沉湎其中而被淹没；痛苦，看来是一件坏事，谁也不愿意自己有痛苦，然而，也未尽然，它往往能鞭策人们向新的高度拼搏，坚定人的意志。对于爱情，我们要有忠贞不渝的情操，这种爱情又与个人的学习、工作息息相关。爱情的花朵只有用丰沛的水分和充足的营养去浇灌，只有付出辛勤的劳动，精心的培育，才能开得鲜艳。两个人如果离开思想观念的一致，离开工作学习，离开共同的理想，单纯去追求所谓的‘爱情’，那么这种爱情也不过是水中浮萍而已。一个人，一个真正的人，是有感情的（因他是人，而非冷血动物），而这种感情是牢固的、健康的、真挚的。我觉得自己近来的思想比以前深沉了许多，有时好像觉得年龄大了好几岁，这可能就是成熟吧？”

我在给朱凤相的复信中写了一首五言诗：

远驰识良骥，
高翔见雄鹰。
岂言长相别，
万里信（心）相通。

从此，鸿雁传书，便有了后来的《两地书》一、二、三、四、五、六、七集。

第四篇　初到拉萨

我们到达拉萨的当天晚上，被安排在自治区工业厅招待所住宿。招待所的院子里开满了鲜艳的花，有黄色的、粉红色的、青绿色的。花的形状千姿百态，有的像蝴蝶，有的像小葵花，争奇斗艳，竞相开放。啊？想不到拉萨还有这么美的花呀！同学们迫不及待地打听是什么花儿。接待我们的丹增朗杰同志告诉我们说，这叫格桑花。哦！原来这就是格桑花，传说中的格桑花！

一、格桑花正开

七月的拉萨，正是格桑花盛开的季节。丹增朗杰告诉我们，在藏语中，“格桑”是“美好时光”或“幸福”的意思，所以格桑花也叫幸福花，寄托着藏族人民期盼幸福吉祥的美好情感。格桑花也是高原上生命力最顽强的花的代名词。

拉萨人把格桑花又称为“张大人花”。据说，此花是清末驻藏大臣张荫棠带到拉萨的。1906年，张荫棠到西藏时曾带入各种花籽，试种后，其他花籽无法生长，唯有一种花籽长出了呈“八瓣形”花，花瓣美丽，颜色各异。一时间，拉萨家家户户都争相播种。这种花耐寒，生命力极强，扎根这片高天厚土，就迅速传遍西藏各地。可是谁都不晓得此花何名，只知道是驻藏大臣张荫棠大人带入西藏，因此起名“张大人花”。时至今日，每家门前只要有点空地，都喜欢种一片格桑花，鲜艳美丽，寄托着人们向往幸福的愿望。藏族有一个美丽的传说：不管是谁，只要找到了八瓣格桑花，就找到了幸福。

二、“逛新城”

同学们经历了长途颠簸劳顿的历练和数日高原缺氧的考验，到达拉萨后经过短暂休息，很快就适应了高原气候。我们百听不厌的一首藏族歌曲是张振富和耿莲凤演唱的《逛新城》，一到拉萨，大家就急不可耐地也想逛新城。教育厅政治部负责接待我们的丹增朗杰、吕学国等同志带领大家参观了著名的布达拉宫、大昭寺、罗布林卡，逛了八廓街。

初到拉萨，映入眼帘最高大、最雄伟的建筑当属布达拉宫。布达拉宫始建于公元7世纪，坐落于红山之顶，依据山势蜿蜒垒砌到山顶，群楼重叠，殿宇嵯峨，气势雄伟。布达拉宫是吐蕃第33任赞普松赞干布迁都拉萨时所建，相传也是松赞干布为迎娶远嫁吐蕃的唐朝文成公主而建，是世界上海拔最高、规模最大，集宫殿、城堡和寺院于一体的宏伟建筑，是西藏最庞大、最完整的古代宫堡式建筑群，是中华民族古建筑的精华之作，也是第五套人民币50元纸币背面的风景图案。在蓝天雪山的映衬下，布达拉宫显得格外壮丽，是圣洁和庄严的化身。

布达拉宫脚下的拉萨市区，面积不大。位于拉萨老城区中心的的大昭寺，据说是松赞干布时期由尼泊尔赤尊公主提议，文成公主占卦选点修建的一座古老的藏传佛教寺院，已有1300多年的历史。由于后期一直主供文成公主带进西藏的释迦牟尼十二岁等身像，在藏传佛教中拥有至高无上的地位。大昭寺融合了藏、汉、尼泊尔、印度的建筑风格，成为藏式建筑的典范。以大昭寺为中心辐射出的外围街道叫八廓街。大昭寺广场转经朝拜的人流攒动，飘袅的桑烟，沁心的藏香，醉人的酥油茶香，充满浓郁的藏族生活气息，呈现出一派向善、平静、吉祥、和谐的景象。

在我的记忆中，当时拉萨的主要街道是水泥路面，城关小巷多为砂石路。机关、企事业单位、学校、医院、百货公司、民居等建筑大多是平房。靠近八廓街的地方，多是藏式土木结构房屋。稍远些新建了一排排整齐的房屋，多是铁皮屋顶，远远看去，闪闪发光，在蓝天白云雪山的辉映下，构成一幅特色鲜明的风景画。

分配方案宣布了。大部分同学都去了各地市和自治区有关厅局所属中学。王惠生被分配到拉萨市文教局，我被分配到自治区教育厅。很快，同学们陆续被各地市、厅局单位派车接走了。

第五篇　工作启航的地方

自治区教育厅位于拉萨市区八廓街旁，毗邻拉萨市委。最初由于单位住房紧张，我暂时被安排在教材教学仪器处的宿舍。教材教学仪器处在拉萨西郊罗布林卡内的一个小院子里，与教育厅机关相隔很远一段路，大约有五公里左右。

这个偶然的机会让我幸运地在罗布林卡里住了相当一段时间。罗布林卡是一座典型的藏式风格园林，藏语意为“宝贝园林”。罗布林卡始建于18世纪40年代，是历代达赖喇嘛消夏理政的地方。罗布林卡占地36万平方米，园林内有植物100余种，不仅有拉萨地区常见的花木，而且有取自喜马拉雅山南北麓的奇花异草，还有从内地移植或从国外引进的名贵花卉、飞禽走兽，堪称高原植物园和动物园。建筑以格桑颇章、金色颇章、达登明久颇章为主体，还有374间房屋阁楼；有修葺工整的花池草坪、玲珑别致的凉亭水榭，还有戏台和木制的桌凳。它是西藏人造园林中规模最大、风景最佳、古迹最多的园林。西藏和平解放前，罗布林卡只是达赖喇嘛和少数达官贵人游乐、休息、看戏、进行宗教仪轨的“夏宫”。和平解放后，政府将罗布林卡辟为人民公园。

我每天天刚亮就起床，在罗布林卡公园里一边游览，一边锻炼，然后带着惬意和满足回到宿舍吃早饭。每逢雨后，罗布林卡的草地上就会长出许多淡黄色的蘑菇，娇娇嫩嫩的，听人说这叫黄蘑菇，很好吃。我便采下许多黄蘑菇，用衣服包起来捧回宿舍，和同宿舍的王大姐一起用罐头肉炖蘑菇，那可真是好吃极了！

白天去东边的教育厅上班，晚上回到西边的罗布林卡休息。我不会骑自行车，当时拉萨公交车很少，我就每天沿着金珠路徒步上下班，但并不觉得累，心里反而美滋滋的。那是一段非常美好的记忆！

一、团结友爱的集体

我的岗位确定在教育厅政治部（后来改为政工人事处），同事们来自五湖四海。主任邹开华 60 年代初来自重庆西南师院，副主任李发祥来自河南灵宝，郑明树科长是从部队转业来的，吕学国来自湖北华中师院，叶圣萍来自江西师大，尚锡峰来自河北沧州（援藏干部），丹增朗杰是我们政治部唯一的藏族小伙子，毕业于西藏师范学院，再加上我这个东北姑娘。后来又陆续增加了色决卓嘎处长和大学毕业生王泉、郭学增等同志。在那个工作生活条件都比较艰苦的年代，这样一个团结、互助、严谨、谦让、包容、和谐、充满友爱的工作集体，对于我这个初到雪域高原的年轻人来说，深感幸运。这段人生经历为我后来的工作生活和顺利成长奠定了良好的基础。在这里学到的工作方法和处事原则，让我受益终生。

曾经的一件事看似很小，却让我永远都忘不了。那时候没有电脑，写材料全靠笔和纸。有时候改来改去地难免太乱，就习惯性地把整张纸撕下，顺手揉成一个纸团扔进纸篓。一次，被我们的邹开华主任看到了。他走过来默默地捡起那张纸，用手铺平展，把没写字的半张空白纸裁下来，放到我的办公桌上，轻声说："这纸还可以留作便笺用。"转身就忙别的去了，但这件小事却深深刻在了我的心里。从那以后的几十年中，每每遇到没有写完的纸，我都会裁下来，整齐地压放在办公桌的笔筒下面留作便笺用。久而久之，办公节俭习惯被我带到了我所工作过的每一个单位，潜移默化地影响着身边的同志们。

教育厅的干部职工们互相关心、互相爱护、同甘共苦的氛围时刻温暖着我们。记得我有一次生病，达娃副厅长亲自跑到自治区人民医院找医生；戴仁宇处长的爱人琼达是拉萨市医院的医生，连续十几天从市医院走路到教育厅来给我打针送药；陈仁德主任的爱人在自治区疾控中心工作，做好饭大老远地送到我的床边；同宿舍的徐美华、郭敏霞给我煮上热乎乎的汤圆和面条，王瑞凤给我打针喂药……。承人恩德，终生难忘！

1979 年 11 月 19 日，我在给朱凤相的信中写道："星期天食堂不开伙，我好像也没什么可吃的。安厅长和周阿姨叫我去他们家吃饺子，我没好意思去。想不到安厅长给我送来了 40 个生饺子，让我自己煮了吃。看到这饺子，我都感动得快哭了。"

1981 年 2 月 27 日，我在给朱凤相的信中写道："又是一个星期日。今天中午，行政科的黄科长家做了红烧鱼，给我端来了一大碗热气腾腾、香喷喷的烧鱼，我和王瑞凤用高压锅焖了米饭，我们把那碗鱼全部都吃光了！晚上，我俩又煮了挂面，西葫芦炒肉罐头做卤，外加炒鹅蛋，特别特别香！"

二、忙碌而充实的工作

政治部的工作一直都比较忙，涵盖的工作内容广泛，但人手少、任务多，时间紧、要求高。部里的同志除了出差休假的，在岗的人基本都是一个顶两个用，加班是家常便饭。同志们习惯了这种节奏，虽然紧张，但是忙而有序，辛苦并快乐着！

1979 年 9 月中旬，从西藏考入内地高校的返藏大学生陆续抵达拉萨进入分配阶段，部里一部分人抽调去参加接待和分配工作，就只剩下我和小叶，我们一边处理日常工作事务，一边筹办《西藏教育三十年》大型展览。我和小叶都是没有家庭负担的年轻人，在时间紧、任务重、人手少且还要兼顾日常工作的情况下，深入有关单位、学校了解、搜集制作图片，利用业余时间，翻阅大量文档资料、整理书写文字材料，按照领导要求，在确保日常工作不受影响的前提下，提前完成了《西藏教育三十年》布展任务，受到好评。这个过程虽然苦一点累一点，但是对于自己却是一个求之不得的锻炼机会，不仅比较快地查阅熟悉了西藏教育发展历史，而且对于我这个刚刚走出校门的年轻人，在专业上、写作上也是一次实践检验。所以，收获与辛苦相比，收获更大。

1979 年 11 月 2 日，我在给朱凤相的信中写道："最近工作很忙，人手少工作多，自学时间不多。前些天看完了王力先生的《古代汉语》，又结合着读完了《古代汉语白话小说选》。从本周起我正在看苏联教育学家马卡连柯著的《父母必读》，这是一本很好的教育学书籍，有心理分析和教育方法的研究，有理论有实例。本来是一部理论书，但语言生动，内容活泼，趣味横生，通俗易懂，建议你有时间也借阅一下，可以丰富自己的教学工作经验。这封信是在我写完了《关于我区大、中（中专）小学校教师队伍基本状况分析》工作报告之后写给你的，眼睛花了，手也软了，字迹潦草，请你谅解。现在整个院子里已经没有灯光，同志们都睡觉了，也许都在做着各自幸福的美梦吧。时间已近凌晨三点，我也要赶紧睡会儿觉，明天早晨不能迟到。哈，新的一天已经开始，我该向你问早安喽！”

1979 年 11 月 28 日，我在给朱凤相的信中写道：“正在参加全区民办教师转公办教师和教育系统调资工作会议。我和同志们高兴地吃着来自咸阳你寄来的花生。尤其要告诉你的是，不但我们单位的同志们吃到了，而且参加会议的许多代表们也分享了。会间休息，大家每人抓了一把，正在愉快地品尝着，一边吃花生，一边热烈地谈论着。几天来，会议一直在紧张地进行。目前第一阶段已经结束，今天开始转入第二个阶段，会议代表来自全区 120 万平方公里的各个角落，有各地市文教局的主要负责人，有各县文教科长，还有边境县的教师代表。你知道吗？阿里地区的六名同志，坐了几天的汽车来参加会议，风尘仆仆，太辛苦了。以前我虽然也曾下过乡，了解情况搞过调研，但今天所得到的材料太多、太丰富、太宝贵了。代表们谈到各地区最基层的生活、生产和教育状况（这是我最希望得到的第一手材料），以前对西藏基层的情况知道得太浮浅，很多属于道听途说。今天，来自第一线教师代表们的发言，是那么的真实、生动、感人，听得我止不住地流眼泪，我真希望他们多讲一些。我们西藏的教育，尤其是基础教育，总体还是落后的。全区小学教师共有八千多，民办教师就占六千多，民办教师比例之大，居全国之首。下边区办、队办小学的教学水平还很低，最高只能教到小学三年级，再高就无能为力了，主要问题是缺教师。日喀则地区亚东县有一位民办教师，双腿残疾，下肢瘫痪，每天由学生背着坚持去讲课。太缺教师了！尽管是这样的教师，在农牧区也是不可多得的宝贝。从此一例，你能想到更多吗？在内地，初中生不算什么，高中生到处都是，而在西藏基层农牧区太缺乏有知识有文化的教师了！”

1980 年 2 月 1 日，我在给朱凤相的信中写道：“今天和小潘、兆全一起到吕延蔚、李宽那里去了，因为明天吕延蔚、李宽将要举行婚礼。我向领导请了半天假过去帮帮忙，布置了新房，帮助洗了床单和衣服。老王、小潘、兆全、你、我咱们五个人合起来买了两床被面、一个暖水瓶，用一块花色纱巾包着送给了他们，略表老同学祝贺心意。我已经接连收到你的两封信了，没有顾上回复，请你原谅。这些天太忙，几份材料压在身上，连续加夜班。这些材料都是急件，必须马上搞出来。前几天和达娃厅长一起到拉萨市各中小学和师院做了一项关于民族政策再教育情况的调查，要马上形成文字材料，区党委要召开关于民族政策再教育工作汇报会，达娃厅长要去参加并汇报。所以，我一天一夜连轴转写出了汇报提纲。说是汇报提纲，但实际上要有理有据有观点有材料。这个材料刚交差，马上又有了新任务，春节即将来临，教育厅要向全区教育战线的教职员工发一封《慰问信》，我又继续连轴转写了《给全区教育战线教职员工的慰问信》，昨天已交付打印。今天起，将同高教处的同志一道，深入西藏师院各系科教研室及校直机关，进行一项关于高校教师情况摸底调查。从今天在政语系调查的情况看，西藏不仅中小学教师奇缺，高校教师也存在相当大的问题。目前担任本科教学任务的基本上是以援藏教师为主，本校教师能上讲台讲课的只有一部分。援藏教师毕竟是暂时的，不能永远依赖，只有尽快培养提高本地教师才是根本出路，否则，西藏高等教育怎么能办好呢？真正达到西藏独立办大学的目标还要有一个过程，任重道远啊！”

1982年1月7日，我在给朱凤相的信中写道：“今天一个下午，写了《第五期调资工作简报》；给山南、日喀则、那曲、格尔木打了几个长途电话；给昌都、石家庄、上海发了几封电报；草拟了政工人事处1981年工作总结和1982年工作安排提纲，送交领导审定；最后临近下班之前又起草了一个《关于给内地自愿要求来藏工作人员所在单位的复函》，刚才几个厅长已签字同意可以打印了。”

1982年1月22日，我在给朱凤相的信中写道：“自从18日到现在已经有4天没有给你写信了，说来你不要见怪。因为调资工作进入了实质性操作阶段，一些地区和单位已经进入高潮，大部分正在进行中。同其他工作一样，只有在实际阶段才能发现问题和提出问题，作为我们调资办公室，面临的首要任务就是研究问题、解决问题。几天来各地区各部门纷纷来人、来信、来电话、来电报，询问请示各种各样的具体问题。有些是属于在制定文件时闭门造车不了解实际情况而没写进去的；有些则是文件中明确规定了但执行者没有好好研究文件造成理解上的出入。我每天就忙于接电话、看材料，该按文件答复的就立即答复，不明确的就立刻向上请示，今天一天就与教育部计划司通了三次长途电话进行请示。有的我可以当面答复，有的则要通过写信、发电报、打电话的方式答复。对那些带普遍性而又应该解决的问题就以《简报》形式编发。总而言之，很忙。”

1982 年 4 月 3 日晚，我在给朱凤相的信中写道：“昨天忙着搞一个《对全区机关、事业单位职工基本情况综合分析》材料，一直加班到后半夜四点钟才完成了任务。字数多少我没算，反正是 17 页半稿纸。今天上午交稿了，领导已签字。每当我完成一项任务，都倍感轻松愉快，夜里四点半上床，一觉醒来已是上午九点十五分，赶紧爬起床冲了一杯麦乳精，拔腿就往办公室跑！”

三、艰苦却快乐的生活

上个世纪七八十年代的西藏，还处于物资匮乏时期。高寒缺氧，路途遥远，交通不便，人们很少能吃到新鲜蔬菜、新鲜肉蛋。很多单位都配备有后勤生活车，逢年过节，就去牧区拉些牛羊肉，去成都或西宁、格尔木拉些蔬菜、腊肉、香肠、猪头肉、大米、白面回来，大家兴高采烈地过个丰盛的年节。平时就只能以干菜、罐头、蛋粉、干肉、腊肉、熏肉等为主。

1981 年 12 月 27 日，我在给朱凤相的信中写道："昨天，为了让同志们过好元旦，机关工会发了福利品，每人一盒鱼罐头、两盒猪肉罐头、两袋麦乳精。"

我自小不吃羊肉，不喜欢那种膻味。到了西藏以后，不吃羊肉就很麻烦。我就努力让自己慢慢学着吃。1982 年 1 月 7 日，我在给朱凤相的信中写道："你说我吃羊肉感动了你，可是又担心我会被羊肉影响了食欲。放心，我一定要学会吃羊肉。因为二十天来没有别的菜，天天吃羊肉，开始确实吃不下去，慢慢就可以吃了，我吃一口羊肉再吃一口大蒜，就吃不出膻味儿了。现在我打饭最积极，因为我总结出了一条吃羊肉的经验：趁热吃！"

1982 年 1 月 2 日，我在给朱凤相的信中写道："今天机关食堂加餐了，四菜一汤：洋葱炒肉、花生米炒肉、油炸花生、扣肉，白菜汤，主食米饭、富强粉馒头，我吃得很饱。"

1982 年 1 月 15 日，我在给朱凤相的信中写道："现在拉萨各粮店只有大米，没有面粉，为了过春节能让我吃上饺子，安厅长送来了他的副食供应本，我可以用它买 8 斤富强粉、1 斤清油，够我们吃几次饺子了！"

1982 年 1 月 22 日，我在给朱凤相的信中写道："春节马上到来了，我忙中偷闲，把年货准备好了。现在菜籽油、富强粉、香肠、肉罐头、粉条、豆腐等都有了。今天工会又发了过年的福利：一个猪头、三斤香肠、十个皮蛋、两个桔子罐头、一个菠萝罐头、两个午餐肉罐头。另外，蔡丽华、叶小元他们俩从那曲调来了，他们来时在那曲买了一头牛杀了，又杀了一头羊，还有一百斤冻鸭子，五十斤猪肉，全带来了，现在我的屋子和刘庆慧的屋子全放着肉，我们这个年够肥吧？还有，明天下午食堂要加餐，有八个菜，具体哪八个菜，我现在还不知道，已经馋了！”

为了改善大家的生活，厅机关有些热心能干的同志，每隔一段时间，就开车到拉萨河上游的达孜县水域、下游的曲水县水域，打些鱼回来给大家“打牙祭”解解馋。打鱼一般回来得比较晚，有时半夜甚至更晚。只要听到拉鱼的车回来了，大家马上会从被窝里爬起来，自发地跑到食堂连夜义务劳动——有刮鱼鳞的，有剖鱼膛的，把鱼清洗干净，第二天食堂就给大家烧鱼改善生活。这是大家最开心的时候。

为了解决吃菜难问题，教育厅机关组织干部职工发扬“南泥湾精神”和“老西藏精神”，自力更生，利用每个周末开展集体义务劳动——开地种菜。

在拉萨郊区找一块能种菜的地方可不是件容易的事情。拉萨地处河谷，遍地砂石。我们需要从挖地开始，先把石头捡出去，然后再找土并把土抬进地里。在缺氧环境下，劳动是很艰难的。铁锨拿在手里重如千斤，挖不了两下就呼哧呼哧地喘半天，汗流浃背。抬石头就更费劲了，在内地一个人能搬动的石头，在拉萨两个人用一根扁担抬也抬不动，摇摇晃晃双脚如踩棉花，腿发软，头发晕，一点劲儿都没有。但是，领导带头干，没有谁叫苦，大家都咬紧牙关坚持着。

每到休息的时候，录音机就播放欢快优美的歌曲，大家席地而坐，说说笑笑，喝着酥油茶、甜茶，嚼着奶渣、干肉、干果，那种开心惬意难以形容。

一块菜地终于平整好了。撒种、浇水、施肥、除草，绿油油的青菜长出来了，油菜、白菜、萝卜、莲花白、莴笋，还有上海青，在食堂终于能隔三差五地吃到自己种的青菜了。

第六篇　两次下柳园

一、重走青藏线

1980 年 3 月，我奉命下柳园，迎接华东师大、扬州师院两所高校毕业赴藏工作的 49 名大学毕业生。

重走青藏线。一辆大客车载着这群满怀激情的青年大学生，沿着八个月前我进藏时曾经走过的青藏公路，由柳园向西藏拉萨进发。有所区别的是，八个月前在青藏线上，我是一个刚刚毕业的大学生，被人接，被人照顾；八个月后重走青藏线，我俨然成了“主帅”，要对这些与自己年龄相仿刚毕业支援西藏的 49 名大学生负责，把他们安全顺利地带到拉萨。我要关心照顾每一个人，他们难受了可以哭，而我是他们的“主心骨”，绝对不可以流眼泪！我这样要求自己。

适逢青藏公路正在施工改造中，砂土路面升级改造成水泥路面。一路上数不清的一段段土路便道，汽车开得很慢，一会儿上道，一会儿下道，拐来拐去，摇摇晃晃。

三月的青藏高原，冰雪覆盖，寒风凛冽，空气稀薄。恶劣的气候，汽车的颠簸，使学生们的高原反应与晕车反应叠加在一起。越来越多的人出现头痛、胸闷、呼吸困难、恶心呕吐。随着海拔高度的攀升，学生们的高原反应越来越严重。

老天似乎要故意考验这群刚出校门的学生。汽车开到海拔 4700 多米的雁石坪附近，发生了故障，半路抛锚。在那样的海拔高度，人一点力气都没有，修车太不容易了。司机师傅费了九牛二虎之力，才勉强把车修好。抛锚耽误了时间，我们的汽车比预计时间晚了两个多小时到达雁石坪兵站，已是半夜。我强忍着高原反应，摇摇晃晃地下了车，走进兵站接待室，准备办理住宿手续。这时工作人员却告诉我：没有床位了。我一听，什么？没有床位了？只觉得脑袋“嗡”地一下，这怎么办？怎么办？距离下一个兵站还有相当远的路程，今天夜里是无论如何也到不了的。学生们本来就高原反应严重，亟待休息。一时间，焦急、恐惧、担忧、想家、不适，像恶魔一样笼罩着我们的队伍！先是一两个女生开始哭，接着情绪迅速蔓延，甚至有男生也哭起来。

当时青藏公路沿线的医疗条件非常差，数百里见不到一所医院。学生们高原反应严重，加之连日颠簸劳顿，都已经疲惫不堪。如果今夜得不到住宿休息，万一有人病倒，治疗不及时，后果将不堪设想！不容犹豫，我当即找到兵站站长，向他出示了我的工作证和单位证明信，陈述了车上学生的情况及问题的严重性，请求他想尽一切办法给予支持帮助。那位兵站站长是一位50多岁的四川老兵，黝黑的脸庞长满络腮胡茬，有着很高的政治责任感。他听了我的情况介绍和迫切请求，十分同情我这个刚刚进藏半年、尚不知道天高地厚的女孩子，答应一定想办法尽最大努力解决。他们逐个房间、逐个床位地清查，最后加上值班室、办公室，总共给腾出了15张床位。站长满脸歉意地对我说："唉，对不起，就这么多床位，兵站不大，实在没有办法了！" 49个人，15张床，怎么住啊？！无奈之下，特殊环境特殊情况特殊处理吧。我果断决定：确保司机师傅休息好，让他自己一个人睡一张床，其他所有人不分男生女生，3—4个人共同挤睡一张床，自愿组合。随后一阵忙碌，同学们也顾不了那么多了，不管三七二十一，横七竖八，有斜着的，也有靠着的，总算都挤着睡下了。我这才松了一口气，先前顾不上自己的高原反应，现在瘫软地跪倒在地上站不起来了。兵站恢复了宁静，但屋外依然风狂雪虐。我蜷缩在兵站值班室的小办公桌上，疲惫不堪地睡着了。

经过八天八夜的颠簸，我带着这49名毕业生总算安全抵达拉萨，如期完成了任务。

这一路旅途劳顿，困难重重，但是我必须要忍耐，必须咬紧牙关坚持，因为我是这支队伍的主心骨。

二、再走青藏线

1980年7月，我又一次奉命下柳园，迎接河北师院进藏工作的35名大学毕业生。还是从柳园坐汽车，向拉萨进发。

再走青藏线。这是我进藏以来第三次走青藏线。青藏线依旧壮观，风险与困难也依然随时出现。

真是怕什么来什么，当我们的汽车行驶至唐古拉山口时，不幸抛锚。那位开车的司机师傅性格急躁，他大声喊着让学生们下车帮他卸轮胎。我的老天爷！海拔五千多米的唐古拉山口八九级狂风呼号，吹得人站都站不稳，即便穿着厚厚的棉大衣，也吹得骨头刺痛！在这种严重缺氧的地方，哪还有力气卸轮胎呢？但是，别无选择，不尽快修好车，在这里耗时越长越容易出事。我带着几个男生，摇摇晃晃地下了汽车，帮着司机卸轮胎。大家被狂风吹得龇牙咧嘴，普遍开始出现严重的高原反应，呼吸困难，有两个已经在路旁“哇哇”地呕吐起来。大概折腾了半个多小时，汽车修好了，继续前进。

祸不单行，出乎意料的事情再次发生。修好的汽车刚刚开出不到100米，大家还没缓过神儿来，只见前面路中央有一块大石头挡住了去路，好个“一石当关”！师傅恼怒地又一次喊叫学生们下车去搬石头。我站起身一看，全车的学生个个面色苍白，东倒西歪，实在不忍心再让他们经受凛冽的寒风，自己咬咬牙，说了声“让我来试试吧！”就跳下车去，拼命地推那块大石头。一下，不行！两下，三下，石头纹丝不动！我屏住呼吸，拼尽全身力气，终于把那块挡在路中央的大石头推滚到路边去了。至今我都纳闷儿，一个黄毛丫头，在唐古拉山口居然能把那么大的石头推动，是哪儿来的神力呢？

汽车继续前行，不一会儿，又一个意外发生！一名女同学因为身体和精神承受不了连日来的恶劣气候和颠簸劳顿，“歇斯底里症”发作了。她突然在车上大哭大闹起来，狂躁地撕扯自己的衣服和头发，又蹦又跳地折腾着，我赶紧过去想让她坐下，她一头差点把我撞倒，一个人根本按不住她。我担心她这种状况很容易因缺氧造成休克。我和三四个同学紧紧地抱住她，轻拍着她，安抚着她，喂她喝水，服镇静药，折腾了将近一个小时才勉强控制住。后来向同学们了解情况才得知，原来，在 1976 年唐山大地震中，她失去了 8 位亲人，她的父亲母亲、兄弟姐妹、嫂子及 5 岁的侄儿全都不幸遇难，她瞬间再也没有家了，成了孤儿。巨大的不幸，对她的精神打击太大，她时常一个人偷偷哭泣，长期失眠做噩梦。进藏途中气候恶劣高寒缺氧，加之连日颠簸劳顿，导致精神失控，爆发了“歇斯底里症”。面对这个年龄与我相仿的可怜女生，我的心里非常难过，眼泪止不住地往下流，对她充满同情。一路上，我和同学们尽力照顾她、安慰她，使她在友情和关爱中慢慢恢复平静，到拉萨就基本好了。

第七篇 下乡经历

下乡出差，在内地是一件很平常的事情。而在西藏下乡，则需要克服更多的困难甚至危险，尤其是在上个世纪七八十年代，有许多经历是内地人很难遇到的。

一、藏北味道

1980 年 4 月，我跟随色决卓嘎处长去藏北牧区对基层民办教师转正工作进行调研。

蓝天白云下，迎着乍暖还寒的春风，我们乘坐的北京牌吉普车驶出拉萨市区，过了羊八井地热电站，颠簸行驶在向北的青藏公路上。路上来往的车辆不多，星星散散的牛羊在公路两旁的草地上悠然自得地吃着草。偶尔看见远方驶来一辆汽车，顿时心里会生出一丝喜悦。是啊！能在青藏公路上开车的人不仅驾驶技术高超，更重要的是都有不畏艰险、特别能吃苦、特别能战斗、特别能忍耐、特别能奉献的精神，能相遇在途中，都是有缘人。两车相会时司机都会鸣笛致意，以示互相祝福、互相鼓励！每每见到这种情景，我心底的那种感动就会油然而生！

车继续前行，翻过念青唐古拉山，就是辽阔的羌塘大草原——中国五大牧场之一。帐篷、经幡、玛尼堆、古塔随处可见，为苍茫的大草原增添了几分神秘的色彩。

在藏北调研期间，工作进展很顺利，所到之处除了听取工作汇报，还参加了一系列座谈会，对那曲地区基层民办教师的转正情况有了比较全面的了解。

那一次藏北之行，虽然已经过去快 40 年了，但是藏北味道——“当雄酸奶”和“安多烤馒头”，仍然让我记忆犹新、经久难忘。

当雄酸奶。当雄是色决卓嘎处长的家乡。路过当雄的时候，已是午饭时间。色决卓嘎处长带着我们来到她的一个亲戚家里，我们被热情地请进帐篷。帐篷里面很宽敞，我们刚坐下，女主人就端来酥油茶请我们喝，并站在旁边不停地为我们添茶。男主人又端上来满满一大盆酸奶，接着又陆续端来一大盆牛羊肉、一盘奶渣，还有糌粑、青稞酒等让我们享用。

让我最难忘的是那盆酸奶。女主人告诉我们，酸奶是自己家做的，自己家养的牦牛，她亲手挤的鲜牛奶。乳白鲜亮的酸奶，像嫩豆腐脑一般，我还是第一次见到这样的酸奶呢！浓浓的奶香刺激着我的味觉神经，口水已悄悄地溢出嘴角！我迫不及待地拿起勺子挖了一块送入口中，哇——，奶味十足，只是有点儿太酸了！女主人看见我皱眉咧嘴，意识到我怕酸，就立刻起身端来一碟白糖撒在酸奶上面，示意我这样吃会好些。我用勺轻轻搅拌了一下，又挖起一勺放入口中，乳香浓郁，酸甜可口，沁入心扉。真好吃！从那以后，当雄酸奶就成了我无法忘却的记忆。

安多烤馒头。在那曲安多县的一个晚上，我写完白天调研的汇总材料，感觉肚子有点饿，想吃东西，可是找了半天也没有找到什么可以吃的。安多县教育局的林海军是我的大学校友，他找出一个几天前的剩馒头，我如获至宝，放到炉上烤烤应该可以吃吧？在西藏大部分地区特别是农牧区都用牛粪做燃料烧饭取暖（牛粪是人们生活中不可或缺的必需品，老百姓将牛粪拌些草拍成牛粪饼，贴在墙面上晒干，码成垛储存备用，一路上看到很多码放整齐的牛粪垛。）。屋子中央放着个没有盖子的火炉，炉中的牛粪缓慢地燃烧着。我把馒头放到牛粪火上烤，并不时地翻动一下，一会儿功夫馒头烤得焦黄发亮，糊香味弥漫整个房间。烤馒头被我狼吞虎咽地吃光了，牛粪火烤馒头的味道却永生难忘。几十年过去了，再也没有吃过那么香的馒头！

二、藏南遇险

汽车起火。1981年6月的一天，领导派我到山南地区扎囊县调研教师队伍建设情况。当时坐的是一辆老北京牌吉普车，开车的张师傅，刚从部队转业来到教育厅工作不久。

完成调研任务返回拉萨途中，天色已晚。我疲惫地坐在副驾驶座位上，眯着眼睛想休息一下。

突然间，只听张师傅大喊一声："李老师快下车！"我睁开眼睛，只见眼前冒起了浓烟，接着"呼"地窜起火苗。我急忙打开车门，翻身跳下。张望四周，看不到一辆车，也没有一个人影。再回头一看，张师傅还在车上奋力扑打火苗，拽扯着驾驶台下面的电线。我也迅速脱下外衣，跳上车去用衣服扑打火苗。

经过一阵扑打，火终于被扑灭了，我只是受点轻伤无大碍，张师傅的双手和胳膊都被严重烧伤，已经分不清皮肉，烧焦的白线手套粘在手上脱不下来。

汽车开不了了。那个年代没有手机， 路上也看不到来往的车辆和行人。但在这前不着村后不着店的荒郊野外不能被动地等待，必须要尽快找到有电话的地方，给单位打电话报告情况，并请求派车来接应我们。

再往前面几公里，就是曲水县城。张师傅原地等待，我沿着公路向曲水县城方向跑去。这时天已经完全黑了，左面是山，右面是河，黑黝黝的旷野一个人影也没有。我紧张得心都提到了嗓子眼儿，心脏急速跳动，耳朵嗡嗡直响，全部神经都绷得紧紧的，浑身起满了鸡皮疙瘩，害怕极了！但是别无选择，只能硬着头皮向前走。跑一会儿，走一会儿，上气不接下气地跑到了曲水县城。看到有个房子亮着灯，敲开门，原来是一个单位的值班室。我气喘吁吁地请求借用电话向教育厅报告情况（电话还是手摇式座机）。电话拨通了，听到那边钟主任熟悉的声音，我就像一个孩子见到亲人一样眼泪哗哗地流出来，带着哭声报告了汽车着火抛锚的情况。厅里立即派车把我们接了回去。

车轮飞了。1982 年 8 月，我和另外一个同事去林芝地区出差。坐的是单位刚买的一辆日本丰田越野车，比之前坐的吉普车舒适多了，心里美滋滋的。汽车放着欢快的音乐，在川藏公路上向东快速行驶着。我的位置是右后座，给我们开车的是一位年纪不大的新师傅。汽车驶过墨竹工卡县城，继续向东，开始慢慢爬坡。绿色越来越少，草木逐渐稀疏，高耸的米拉山就在前方，皑皑白雪已经映入眼帘。就要向着海拔 5013 米的山口进发了，稀薄而清新的空气让我愈发地清醒和兴奋。突然，我感觉汽车震动异常，“哐哐哐……”好像是车轴刮蹭地面的声音，我赶紧喊司机：“不好！”可是司机也许是因为不熟悉这辆新车的状况，抑或是缺乏经验，他似乎还没有感觉到什么，继续向前开着，我连喊“快停车！有问题！”高速行驶的汽车慢慢减速，停车下去一看，我们全都傻眼了：汽车右侧后轮胎怎么不见了？好险！如果继续向前开，进入弯道路段，极有可能出现翻车事故，后果不堪设想，吓得我们直冒冷汗、后背发凉！车轮哪里去了呢？三个人一起顺着来路往回寻找丢失的车轮，找啊找啊，最后终于在一公里外的沟里，找到了那个不翼而飞的车轮。

曲松急流。那是在西藏民族学院工作期间的2002年夏天。学校的对口扶贫点在曲松县。有一次到拉萨出差，顺便去曲松县慰问在那里开展扶贫工作的王波同志，再送去一批扶贫物资。王波同志是西藏民族学院招生办副主任，在扶贫期间挂职曲松县副县长。给我们开车的是民院驻拉萨办事处司机坚参同志，他是一位经验丰富的老师傅。汽车从拉萨出发，刚开始路况不错，顺利到了山南地区所在地泽当镇。停下吃了午饭，又继续朝曲松县方向行驶，这时就没有那么好走了。道路两侧都是高山，走着走着就没有路了，只能从两山中间狭窄的河道上行驶。适逢夏季，哗哗的河道水深流急。汽车开在水中，显得那么无力无助又无奈，司机握着手里的方向盘干着急使不上劲，车时不时被冲得东斜西歪，飘飘忽忽。我们坐在车里，感觉随时都有翻车或被水冲走的危险，手心里都是汗。已经记不得走了多久，才终于走出那段惊魂河道，前面又有路了，悬在嗓子眼的心也总算落了下来！

到了曲松县，县里的领导热情地迎接我们的到来。县委县政府有不少干部是西藏民院毕业的校友，显得格外亲切。座谈会后，当晚县委食堂专门做了四个菜为我们“接风”。

四个菜端上桌来：一盘炒鸡蛋，一盘炒豆芽，一盘腊肉腐竹，一盘川味香肠。县长告诉我们，这里海拔高，气候条件差，种不出青菜，今天做出这四个菜，已经尽力了，平时这样的菜同志们也不常吃。

7月的曲松，夜晚风很大，气温骤降。吃晚饭时还满天繁星，不一会儿就飘起了鹅毛大雪。我当时虽穿着羽绒衣，仍感觉冷。领导们怕我夜里冷，竟给我抱来了六床厚厚的棉被，告诉我要铺三床盖三床。那一晚，我几乎整夜无眠，内心充满深深的感慨——曲松的交通、曲松的气候、曲松的艰苦、曲松人的坚韧与热情……

第八篇　相聚高原

1979 年 7 月进藏途中与朱凤相在敦煌约定通信联系，我们简单地谈话之后，他便去了地处陕西咸阳的西藏民族学院，我则随队伍乘坐长途汽车到了拉萨，从此鸿雁传书，开始了天各一方的牵挂。

一、情寄《两地书》

朱凤相在 1979 年 8 月 20 日给我的信中写道："我到邮局去了几次，一直不见你的来信，有些着急。自敦煌分别以后，当天中午就到了柳园。傍晚的时候顾书记他们也到了，讲了敦煌的水情，估计你们一两天走不了，第二天早晨有可能返回柳园。可是第二天早晨八点钟我们就坐火车离开了柳园。临走前我是多么希望你们能回到柳园，咱们再见上一面啊！七月二十八日午夜我们就到了咸阳民院，叶大夫也从柳园来到这里，他讲了你们的情况，我和陈红英都很为你们着急。在这十多天里，时常想起你来，也不知道你到拉萨的情况如何？心里很郁闷，写了一些思念你的诗，也许思想是不太健康的，但我还是把它们抄给你。这几首诗不是一时所作，具体时间我也想不起来了，望你提出批评（或批判也行）。

《思君》

（一）

敦煌遇水情忧深，
欲往不能急煞人。
高山雪岭路艰险，
但恨不能身替君。

（二）

捧起珍品添思情，
良言句句耳际鸣。
难忘敦煌山海誓，
吐胆倾心志相同。

（三）

眼望珠峰盼佳音，
君住西南我居秦。
只盼远方鸿雁来，
捎来君书如见君。

（四）

学习本须勾践志，
读书更应无杂心。
思情屡屡实难断，
不欲思君又思君。

（五）

悉君无恙喜不胜，
心中云雾顿时清。
秦岭珠峰遥相勉，
奋力学习再攀登。

1979 年 9 月 3 日我在给朱凤相的信中写道："分别后共收到你的两封信，从我盼望的信中可以看出，我们的感情是真挚而纯洁的。在你的笔下，我得到的不是那种单纯的柔情，更不是低层次的尔爱我恋，传递给我的是道理、理想、慰藉、鼓励和关怀。每每读完你的信，我的精力更加充沛，工作起来劲头更足。有意思吧？我刚参加完西南四省区（云、贵、川、藏）教学仪器协调工作会议，民院的周信源老师也在会上，他明天回咸阳，托他捎去一封信和我到拉萨以后刚照的一张照片。这张照片照得不好，但为了尊重你的要求，愿意将丑相送你，但愿不要见笑。千里之遥，有信为伴，让书信做我们的友谊使者，把我们的思想、感情紧紧相连吧！”

那时候的通讯太不方便，从拉萨发出一封信，对方至少需要七八天才能收到，看到的内容均已经是过去时，一去一回的每封信件至少要经历半个月甚至更长时间。这对于两颗年轻的心而言，实在是太慢了！

1979 年 12 月 31 日，朱凤相在给我的信中写道：“屈指算来，我们已经分别五个月零三天了，你还记得在敦煌那天的谈话以及第二天早上我们相互招手告别的情景吗？这一别就是 150 多天！在这似短而长的 150 多天中，我们的相思也随着时间在递增。有时我会因为不能并肩地生活在一起而感到孤单和痛苦。但是由于我们有使者——《两地书》做纽带，把咱们两颗赤诚的心紧紧地连在一起，我更多地感到了幸福和欣慰。随着时光流逝，我们的友谊也越来越深厚，虽然相隔千里，我却好像听到你那跳动的心声，并且也激励着我的心！每当我遇到困难或不顺心的事情，只要一想起你，就立时精神倍增。说来有些好笑，咸阳现在冷了，看，外边地面上已经覆盖一层薄薄的白雪，宿舍里没有暖气，也没有火炉，好冷，早晨躺在被窝里不想起床，可是一想起你，不知哪来的那股劲儿，一下子就起来了！雅君，我觉得我们之间的感情是纯真的。你爱我不是爱我的钱财和地位（因为我不具有这些），我爱你也更不是为追求那些如粪土一般的东西。我们有的是两颗相知而又相向的心。这和那些把爱情作为升官发财的“敲门砖”和“通天梯”的人相比，难道我们不应该骄傲和自豪吗？难道我们不应该感到慰心的幸福和快乐吗？难道不可以说我们的爱情是真诚的、永不凋谢的吗？尽管我们没有万贯家财，也没什么显赫的地位，或许我们会一身清贫地度过一生，但是我们有着共同的理想和抱负，有着一颗纯正的（不是虚伪的）、崇高的（不是低级趣味的）、炽热的（不是冷漠无情的）相恋的心，有了它，我们就能相倾相慕相帮相助地携手度过幸福快乐的一生，你说还有谁会比我们更幸福呢？”

1980 年 1 月 8 日，我在给朱凤相的信中写道：“我很高兴收到你的来信，每当我读你的信，都有一种微妙的感觉：太短了！不知不觉中还没有过瘾呢几页就翻过去了，好像根本不应该完！你谈到了学习，谈到了工作，谈到了理想，还谈到了我们的友谊和我们的未来……，给了我极大的鼓励和安慰。凤相，谢谢你！你认为这是客气吗？不，完全不是。近来正值年末岁初之际，工作忙得一塌糊涂，你知道吗？给你的几封信都是工作完了以后深夜写的，写好了却没能及时发出去，你不会生我的气吧？”

我们每天都在期盼中度过，期盼着收到对方的来信，因为那里有我们对人生的倾心追求，有对学识的共同探讨，有互相的惦念与牵挂。情寄《两地书》，我们互相鼓励，互相帮助，互相支持。

二、申请进藏

为了尽早结束这种遥远的牵挂思恋之苦，半年之后，朱凤相果断地向民院提交了进藏工作调动申请。

当初毕业分配的时候，67 人中只有两人分配到高校——地处陕西咸阳的西藏民族学院，不用进西藏，这是令多少人羡慕而又可望不可及的。而仅仅时隔半年，他却放弃舒适的工作生活环境，坚决要求进藏。他的做法，令许多人不理解，但是他毫不犹豫，为了爱情，他去意已决。

获得批准后，1980 年初，朱凤相进藏，从陕西咸阳西藏民族学院调到位于西藏拉萨的西藏师范学院（今西藏大学）任教。

三、短暂相聚

调到拉萨后，朱凤相住在师范学院，我住在教育厅，两个单位距离不远，走路十分钟就能到。一条河坝林路（今江苏路），牵连着两颗相爱的心。与他住同宿舍的是藏族教师旦巴次仁和帕巴群增，三位藏汉族年轻教师相处非常和睦融洽，工作上互相帮助，生活上互相关心。

相聚高原

我们俩最开心的事情是下班后凑到一块儿，并肩坐在拉萨河边，欣赏清澈见底的河水、水中怡然畅游的鱼儿、河面上自由自在的水鸟，望着夕阳的余晖，回忆大学时光，畅想美好的未来；周末去北郊拉鲁湿地看鸟儿飞翔、看野兔奔跑；单位里有什么新鲜趣事儿，想着快点告诉对方，我们一起开心地欢笑。有时候为了一个知识点也会讨论半天。每逢教育厅机关食堂有好饭好菜改善生活或者打鱼回来了，我会第一时间给他打电话，打一份儿菜两个人一起吃，也让他跟着解解馋。他们的教研室主任张廷芳大姐，60年代北京师范大学毕业志愿进藏工作，每到这时，张大姐都会风趣地逗笑说："小朱又有好吃的了，真羡慕你啊！"

刚到拉萨初期，朱凤相担任古代汉语课的教学工作，由于扎实的专业基础加上认真备课的工作态度，还有那一口标准的普通话，他的课深受学生欢迎。由于身体没有什么明显不适，他也就没太注意休息。业余时间喜欢骑着自行车到大街小巷转转，有时周末也骑上自行车，带着我去看望同学朋友。

四、无奈而返

过了不到两个月，一次感冒之后，他开始感觉心脏不舒服，睡不着觉、吃不下饭，周身乏力，脸色苍白，几个月也不见好转。到了 8 月下旬，他的高原反应越来越严重，勉强可以坚持工作。领导和同事们看在眼里，急在心上。为了不影响工作，他就上午给学生讲课，下午去拉萨市人民医院和自治区人民医院看病。公交车少，走路太累，同宿舍的丹巴次仁老师就主动骑自行车带着他去医院，还带着他去拉萨北郊的西藏军区总医院做检查。经查发现，朱凤相心脏后半束支传导阻滞，肺纹理明显增多增粗。医生给出意见：属于高原性心脏病，不宜继续在西藏工作。

正巧当时西藏开展第一批汉族干部内调工作。鉴于朱凤相的身体状况不适合继续在藏工作，西藏师范学院同意他内调回黑龙江。但是，审批表报到教育厅却被卡住了，教育厅不同意他内调回黑龙江，理由是：他可以先走，但是由于工作需要，李雅君几年之内还不能走。建议他考虑再返回陕西咸阳西藏民族学院工作，都是西藏单位，上下级好协调，过几年以后可以考虑李雅君也调过去团聚。朱凤相和我思量再三，一方面考虑他的身体，必须尽快回到内地；另一方面又考虑我暂时走不了，下一步怎么办？无奈之下，朱凤相只好又回到刚刚离开半年之久的西藏民族学院，折戟而返，重回咸阳。

五、旅行结婚

1980年9月8日，朱凤相离开拉萨之前，在副厅长达娃和她爱人曲加（时任拉萨市城关区委书记）的关心帮助下，我们俩在拉萨市城关区民政局领取了结婚证书。还给同志们分发了喜糖，在大家的祝福中，厅领导批准我送朱凤相回内地，我也顺便提前休假。

第二天，我们俩带着总共800元钱的差旅费，一起乘坐飞机经成都去咸阳，算是旅行结婚了。

到成都下了飞机，气候好了，氧气多了，气压正常了，朱凤相的身体逐渐得以恢复。我们在成都办事处休息了十多天，到人民照相馆拍了一张结婚照，游览了著名的杜甫草堂和武侯祠。9月20日，我们一起回到了陕西咸阳西藏民族学院。他从离开到返回，整整6个月时间，就好像是去拉萨出了一趟差。这对于朱凤相本人来说，极不甘心，极不情愿，但又极其无奈。可谓是满怀激情去拉萨，无可奈何折戟回啊！

很快，40天假期结束，我该回拉萨了，新婚的我们不得不劳燕分飞。从此，拉萨咸阳分居两地，雪域关中天各一方，我们又开始鸿雁传书，续写《两地书》。

第九篇　闺蜜蔡丽华

蔡丽华是我的大学闺蜜，她在我们班里年龄最小，比我小三岁。

一、情同姐妹

在大学读书的时候，我们俩就好得跟一个人似的。上课时同班同组同桌，下课后吃饭睡觉形影不离。去食堂吃饭，她只带一个小勺，跟我合用一个饭盒，两个人一块儿吃着说着又香又快；刷牙洗脸，她只带一个牙刷，跟我同用一个牙缸、一个脸盆、一条毛巾；洗脚，跟我共用一个脚盆、一块脚巾。周末我常跟着去她家蹭饭改善生活，她家离学校很近，只有一站地的路程。她妈妈去商场买了一块涤卡布料，回到家亲手裁制成两件漂亮的衣服，蔡丽华穿一件、我穿一件，在学校穿着上课下课，就像一对双胞胎。几十年来，我们俩的友谊，经久不衰、历久弥新，现在已由两个人的友谊发展成两个家庭的友谊，并延续为两代人的友谊。

1979 年大学毕业我们一起进藏，她和爱人叶小元主动要求去了条件艰苦的藏北那曲地区师范学校任教。那曲地区平均海拔 4500 米，丽华患上了严重的“高山适应不全症”，多次在讲课时晕倒。两年后的 1982 年初，夫妻一同调入自治区党校。当时自治区党校还在易贡（林芝地区波密县境内），正筹备迁往拉萨。那一年党校新招了一个文化补习班，补习对象是文化水平较低的县级干部，补习班暂时安排在拉萨西郊的农垦厅招待所。时值寒假期间，蔡丽华夫妇被临时安置住在党校驻拉萨办事处。房间很小，只有简单的几件公用炊具。高压锅的保险阀已经坏了，不知被谁用棉布塞上凑合着用。

蔡丽华两头跑着住，有时住办事处，有时跑到我那里住，跟我作伴，下班后我们一起做饭吃，一起散步，一起看电影，谈天说地。我觉得很开心，舍不得让她走。

1981 年 9 月 27 日，我在给朱凤相的信中写道：“昨天晚上小蔡我们俩在市委礼堂看了电影《伤逝》，是根据鲁迅小说改编、纪念鲁迅诞生一百周年的新片。《伤逝》反映的故事虽然已经是五六十年前的历史了，但它的教育意义却不只是历史性的，还有伟大的现实意义。子君可以算是一个新女性，为争取自由权利，争取个性解放，能勇敢无畏地冲出封建家庭束缚，向旧的黑暗势力发起挑战。在这一步，子君是胜利者，是可歌可泣的英雄。也正因为如此，她获得了独立，获得了涓生的倾慕。子君曾依偎在涓生怀里甜甜地说：‘我们的爱情是永恒的。’然而，获得自由解放以后该怎么办？子君迷茫了，她陷入了小家庭的繁琐事务中，天天为了‘爱’，鸡、狗成了她的乐趣中心。在理想和趣味方面，子君与涓生产生了日益扩大的鸿沟，共同语言没有了，涓生想的是谋工作，想的是国家、人民、写作、翻译，而子君想的还是‘鸡、狗、爱’，还天天说‘我们的爱是永恒的’，按涓生的话说就是盲目的爱。因为他们的爱情不能经常更新、改进、创造，所以渐渐名存实亡了，他们开始同床异梦了。在生活的艰辛与社会势力面前，子君的勇敢没有了，一点也没有了，有的只是一天比一天的颓废和萎靡不振。这时涓生发现了当时爱的盲目性和狂热性，爱的花朵昙花一现，不到一年就凋谢了。联想现实，金钱婚姻、地位婚姻、狂热婚姻、盲目婚姻比比皆是。但是，最崇高的婚姻是志同道合，这样的婚姻最富有，最高尚，也最长久，才无愧于‘永恒’二字。真正的爱情离不开理想与事业的共同基点，离开这一条，再鲜艳的花朵也会凋谢。”

二、过年

有了蔡丽华和在拉萨的同学们，那年的春节过得很开心。

1982 年 1 月 28 日，我在给朱凤相的信中写道：“春节已经过去了，但我还是想让你分享我过年的快乐。春节放了三天假，加上一个星期天，共休息了四天。你知道我们这个年是怎么过得吗？这四天来，除了内心深处牛郎织女的思念外，一切都很如意，很快乐。从腊月二十九开始，我们的机关食堂会餐，小叶、小蔡、小潘和我在一起吃的，接着从大年三十起，同学们就每天在一起过年。除夕夜，小叶、小蔡、小潘、李宽、刘连进、赵玉学，还有李宽的一个同事和小叶的一个同事，加上我 9 个人，在我这里玩了个通宵，半夜 12 点吃的除夕饺子，其中有两个饺子包的钱，两个饺子包的糖果，结果两个糖果饺子全被我一个人吃到了，大家都恭喜我今年生活甜甜蜜蜜。我们前半夜海阔天空地畅谈，后半夜打扑克，谁输谁往自己脸上贴纸条，一直玩到初一上午 10 点钟，我们才包饺子吃。晚上我们又炒了几个菜，喝了青稞酒。初二那天吃完早饭，小叶、赵玉学、李宽骑着自行车（我和小蔡坐在他们自行车的后座上），我们走访了在拉萨的所有同学，给同学们拜年，下午在小潘家吃的饺子，喝了酒。初三在穆常丽家过的，当然又是我们一行五人。初四在孙景芝家过的，这一天人最全，刘柏青和孩子都去了。进藏几年来，今年的春节过得最和气、最团结、最集中、最丰盛、最热闹，也最愉快。同学们不时地提起你，都很想念你，一致让我写信时把大家的心情转达给你：祝你新年进步，取得更大的成绩！”

三、高压锅意外爆炸

在西藏工作生活过的人都知道，那里做饭离不开高压锅。由于海拔高、气压低、沸点低，水烧到80度就沸腾了，平锅煮饭煮不熟，哪怕是煮稀饭、煮面条，也要使用高压锅。

刚到西藏的时候，曾经听同事们聊天说起过高压锅容易发生爆炸，但是想象不出到底能有多大危险，也没有放在心上。

蔡丽华受伤就是因为一次意外的高压锅爆炸事故。

2月4日那一天早晨，天刚亮，叶小元就跑到教育厅急匆匆地敲我宿舍的门。一进屋他就焦急地说：“小蔡做饭，高压锅爆炸了！她的手被炸伤了！”

我一听惊呆了。小蔡在我这里刚回去两天，说好第三天再来我这里的，怎么就出事了！我急忙向领导请假，火速赶了过去。

原来是前一天晚上出的事。那曲师校的两位老师来家里玩到深夜12点才离开，丽华感觉肚子饿，就想用高压锅煮点大米粥吃。那个高压锅的保险阀用布塞着，祸从此生！沸腾的米汤随着高压阀的冲气咕嘟咕嘟往外冒，缺乏经验的她把一块毛巾折叠起来用手压住不让米汤冒出来。可以想象，高压锅在气压达到一定限度时，须自然放气，可她没有料到锅内压力越来越大，意想不到的事情发生了，高压锅“砰”的一声爆炸，瞬间窗户上的玻璃全部被震碎散落一地，锅柄炸得粉碎，高压锅盖扭曲变形，锅内的米粥一粒不剩全部喷到了屋顶上。巨大的爆炸力，造成她的左胳膊、手腕黑肿，手指、手掌扭曲，动弹不得。所幸因为冬季寒冷，丽华穿着棉衣，皮肤裸露少，烫伤不严重。时间已经是后半夜，爱人叶小元用办事处的一辆旧自行车，推着她到距离最近的第二人民医院，拍了个 x 光片，年轻的值班医生给她打上石膏，就让她回家了。

我赶到她那里一看，伤处肿得很厉害，丽华疼得受不了，我感觉这种处理可能不行，就立刻联系西藏军区总医院，到那里重新检查处理。经查，丽华虽然表皮外伤不重，但是内里多处骨折：大拇指基底部粉碎性骨折，食指掌骨中断性骨折，中指掌骨骨折，手腕外部游离性骨折。而且先前没有固定住，需要把石膏拆掉，重新做处理。丽华担心如开刀手术手部皮肤会留下疤痕，希望医生用保守的手法复位治疗。

在做手法复位治疗过程中，我比受伤的蔡丽华还紧张。主治医生张连印是个大个头，他拉住蔡丽华受伤的手，吩咐我坐在蔡丽华身后抱住她的腰作配合。张军医向前拽，我向后拉，每拉一次，蔡丽华都被剧痛折磨得如同受刑一般。但是她很坚强，硬是咬紧牙关强忍住不吭一声。可是我却受不住了，眼看着蔡丽华受罪，我的心在颤抖！面对丽华受伤的手指头不好抓住，更不能用力抓紧，所以张医生在拽的过程中，一次次脱手，每脱手一次，我都忍不住“啊”地叫一声。张医生无奈地对我说：“你可别再叫了，叫得我直发慌！”可是我真地控制不住自己。

1982 年 2 月 6 日，我在给朱凤相的信中写道：“现在小蔡的治疗还在继续进行，因为病房、厕所等不方便，只能由我代替小叶护理小蔡。她现在伤痛难忍，连上厕所都不行，已经两天两夜没有睡觉了。你知道我们俩友谊至深，看她如此受罪我很难过。因为工作忙，我只能在她最困难的这几天守在她身边照顾她，下周二三我就得回单位上班了，但愿那时候她的伤痛能减轻一些，小叶就可以护理了。”

治疗效果不理想。白天在 x 光下面骨头看着对齐了，但是由于部位不好固定，夜里就听见里面的骨头茬“嘎巴嘎巴”响，第二天一复查，又错位了！如此每天反复手法复位，半个月还是接不上。医生怕时间久了耽误治疗，就建议丽华做手术。那一年丽华 24 岁，正是爱美的年龄，尤其爱恋那双没有一丝斑点的双手，想想术后会留下疤痕，心里就难以接受。受伤半个月没有流泪的她，听说要做手术哭了一场。这哭，不是因为伤，而是为了美。在大家的苦口劝说下，丽华最后不得不做了开刀手术，受伤部位钉上钢针固定住。手术很成功。

1982 年 2 月 8 日，我在给朱凤相的信中写道：“小蔡目前正在治疗中，几次复位手术都没有成功，很受罪。现在她还不能自理，穿衣、洗脸、梳头、上厕所都不行，所以我继续请了几天假护理陪伴她，这样她会好过一些。”

1982 年 2 月 11 日，我在给朱凤相的信中写道：“我已经于昨天晚上由厅里的车把我接回来了，单位工作太忙。小蔡目前情况好些了，已经不至于疼得坐立不安，可以散步、看小说，晚上也能睡着觉了。我回来后叶小元就要时刻守护在她身旁了。等她过些日子出院了，我就把她接到我这里来住些日子，以便在她的恢复及生活诸方面照顾她。”

当时西藏物资匮乏，很难买到鸡蛋。一起进藏的同学李宽有个同事休假，他正为同事代养着下蛋的母鸡。好不容易攒了几个鸡蛋，自己舍不得吃，赶紧煮熟送到医院，让丽华吃，希望能帮助她补充营养尽快康复。

转眼寒假结束，党校文化补习班开学了，丽华手上的钢针还没有取掉。为了不影响工作，她就吊着绷带坚持给学生讲课。当时热地同志担任西藏自治区党委副书记，到党校检查工作，听党校领导汇报，知道了蔡丽华带伤坚持工作的情况，特地前往慰问，关切地询问丽华的伤情和生活状况，嘱咐她好好养伤，早日康复。

蔡丽华，一个风华正茂的东北姑娘，一朵盛开在雪域高原上的格桑花。

第十篇　我的老班长

我的老班长叫王惠生。大学时期他是我们的班长，因为年长几岁，总是像老大哥一样关心照顾我们，所以大家都习惯叫他“老班长”。

一、老班长其人

老班长王惠生，北京人，从小生长在皇城根下的崇文门内花市三条。他的人生充满传奇色彩。少年时期，他凭着天赋和刻苦，进入北京体育学院少年班，前程似锦；1967 年，他响应毛主席的号召，踊跃报名支援边疆，17 岁便成为黑龙江生产建设兵团的一名战士，同年加入中国共产党，一鼓作气在乌苏里江边苦干了近十年；1976 年，党中央号召全国支援新西藏建设，他又把人生目标定位在了西藏，进入哈尔滨师范大学中文系（西藏班）学习；1979 年 7 月毕业奔赴西藏，被分配到拉萨市文教局工作，他把全部身心投入到工作中，很快被任命为团委副书记；1981 年底，自治区党委号召全区支援阿里，动员党政机关干部到阿里地区工作，文件刚刚传达，王惠生就毫不犹豫地立即报名，坚决请求去阿里工作。当有记者采访他，想对他做宣传的时候，他只是淡淡地说了一句“这有什么好宣传的”，转身就走开了。他的申请被自治区党委批准后，老班长王惠生义无反顾地从西藏拉萨调往海拔更高、气候更恶劣、条件更艰苦、地理更偏远的阿里狮泉河。这就是我们的老班长，不断调整着自己的人生坐标，奋斗无止境！

二、阿里在哪儿

如果将西藏比喻为世界屋脊，那么阿里就是世界屋脊的屋脊。

阿里，是西藏的西藏。

阿里，在西藏的最西边，是羌塘高原的核心地带，是喜马拉雅山脉、冈底斯山脉相聚的地方，被称为“万山之祖”。

阿里是雅鲁藏布江、印度河、恒河的发源地，故又被称为“百川之源”。

阿里，高寒缺氧，气候干燥，昼夜温差大，仅有冬夏两季之分，冬长夏短，年无霜期仅为 120 天。

阿里的冬季漫长而又寒冷，年平均气温不足零度。

阿里，大风大雪犹如家常便饭，来势凶猛，年平均风速在每秒 3.2 米以上，大风频率高达 8 级以上，年大风日数在 149 天左右。

有人说阿里是“生命的禁区”，可是，我们的老班长却“明知山有虎，偏向虎山行！”我们的老班长和勇敢的阿里人民就是生命禁区的“克星”。他们如同格桑花般不怕孤独、风雪和严寒，一代接一代地发扬无私、顽强、坚韧不拔的精神，勇敢地扎根于阿里那片广袤的土地。

不到阿里，何言诗与远方？

三、老班长在阿里

1982 年 1 月，老班长王惠生调任阿里地区团委副书记，从此，一干就是 28 年。先后担任地委宣传部长、电视台台长、地委党校副校长、地区政协副主席等职务。

在阿里，老班长一心为民，鞠躬尽瘁。他经常深入牧民家中，嘘寒问暖，买药买物品送给那些贫困的老阿妈老阿爸，自己的工资所剩无几。他自己却是艰苦朴素，乐得清贫，家里没什么像样的家具。我的学生张定成在担任阿里行署副秘书长期间，曾去王惠生家里谈工作。后来有一次他在拉萨遇见我说：“王主席家里太简单了，去了都没有坐的地方，仅有的一把椅子还是坏的。”我心里明白，老班长的钱是舍不得给自己花。

老班长总是吃苦在前，享受在后。每次不论是到内地出差还是在西藏出差，他都住最便宜的旅馆，却让同行人员尽量住好吃好。有一年春节、藏历年期间，他在下乡返回狮泉河途中遭遇暴风雪，被困雪中，饥寒交迫，坚持了五天五夜！

在阿里，他无论当部长、台长，还是当校长、主席，从不徇私情，不谋私利，不让家属以任何理由任何方式占公家的便宜，甚至不让家属搭乘单位的“顺风车”。他爱人原本是内地某国营单位职工，为了陪伴照顾王惠生，她毅然去了阿里，无怨无悔。老班长硬是让她在阿里当了二十几年的家属，他宁可让自己的爱人种蘑菇、生豆芽……直到最后也没有让组织给她安排工作。他一心为民，大公无私。老班长由于28年坚守在阿里工作，身患多血症、肺纤维化、肝囊肿等多种高原性疾病，直至再也上不了高原。阿里人民由衷地称他为“活着的孔繁森”。

1982年1月5日，我在给朱凤相的信中写道：“老班长明天就要与另外七名同志一起去阿里了。对于阿里的艰苦，老王是做了充分精神准备的。直到今天，还有人在劝他不去为好。而我，作为老王的同学、知心朋友，自始至终没有劝过他一句，因为就我对老王的了解，深知他的内心世界，理解老王的奋斗志向。面对人们的不解和询问，我很矛盾：支持？应该；劝阻？也应该。老王心脏衰弱，鼻炎严重，但是他瞒着组织。所以，我除了支持，更为老王的身体能否适应阿里气候而担心。面对老王的坚定，我说不出一句劝阻的话。在送行之际，既为他骄傲，也为他担心。说真话，从老王身上，我更加坚信党的优良传统在闪光。我们党是大有希望的。不能不承认，老王为我们树立了光辉的榜样，尽管我们不是和他一样到阿里工作，但也应该在现岗位上尽力多做点工作，有一分热，发一分光。老王从北京—黑龙江—拉萨—阿里的足迹，每一步都不是偶然的。尤其在当前社会上一些人放弃理想信念、追求个人实惠的情况下，老王的精神是高尚的，思想是闪光的。我今天中午去看望老王，作了一首诗《写在王惠生同志赴阿里之际》送他：

首都之子好儿男，
东西南北志无边。
乌苏江畔船歌放，
骏马挥师下江南。
山高水远驰不住，
狮泉河边献华年！

老同学　李雅君

（1982 年 1 月 5 日）

我和我的同学们如是说：老班长是我们的榜样，更是我们的骄傲！

我和我的同学们也如是说：老班长是一个纯粹的共产党人，他对得起党，对得起国家，对得起人民，唯独对不起自己和家人。

如今，老班长王惠生已经退休定居成都，身体很不好，多种疾病缠身，上下楼梯或者走路稍微快一点就会喘不上气来。他现在最担心的事情是：老伴没有养老金，万一自己先于她离世，老伴就可怜了！老伴李晶曾长期在阿里陪伴他，如今身体也垮了，已经完全失去生活自理能力。现在老班长把自己的时间和精力，几乎全都放在了照顾老伴身上，精心呵护，与她共度晚年。

第十一篇　民院回眸

1982 年 12 月，在组织的关心照顾下，我被调往西藏民族学院工作。离开青藏高原，转往陕西关中腹地，终于夫妻团圆。

西藏民族学院坐落于渭水之滨的古都咸阳，前身为 1957 年中央指示创办、1958 年开学的“西藏公学”，是西藏和平解放以后党中央在祖国内地为西藏创办的第一所高等学校。学校的第一任校长是率队解放西藏的十八军军长张国华，学校初期的教职员工多来自于十八军文化水平较高的军人和从国内一些重点大学选调的教师以及逐年从内地高校选派的优秀大学毕业生。1965 年 4 月 30 日，“西藏公学”经国务院批准更名为“西藏民族学院”。西藏民族学院自建校以来，贯彻党的教育方针，坚持正确办学方向，坚持立德树

人，为党和人民、为西藏各项事业发展培养了一大批优秀干部和专业技术人才。在党中央亲切关怀和全国人民的大力支援下，西藏民族学院沐浴改革开放的春风，与时俱进，蓬勃发展，办学不断取得新成就、再上新台阶。2015年4月28日，西藏民族学院经教育部批准更名为“西藏民族大学”。

在那里，我度过了28岁至50岁这个人生宝贵的黄金阶段；

在那里，我做了母亲，把女儿抚养长大成人；

在那里，我在主任科员、副处长、处长、副校长多岗位锻炼，一步一个脚印地成长起来；

在那里，我与西藏民族学院的发展同行了22年；

在那里，我经历了从机关行政工作向高校管理工作的转变、学习与探索。

一、崭新的开端

从机关到学校，陌生的工作环境和工作内容，是一个崭新的开端。在领导和同事们的关心帮助下，我很快熟悉并适应了西藏民族学院的工作和生活。

最初在学校组织部工作，我的领导和同事田初明、倪克温、王生龙、王世玉、李蓉、张荣都是十八军“老西藏”。耳濡目染，从他们身上，我学到了对党和事业无限忠诚、对工作一丝不苟、对同志热情关心、对困难坚韧不屈的精神。

后来的几年中，经历了频繁的机构改革和调整：精简机构将几个部门合并为政治部，我任政治部副主任；不久政治部又分成组织部、人事处，我任人事处副处长。那些年间，接触到的工作涉及组织、人事、劳资、离退休管理与服务、学生教育管理、档案管理等，学习掌握新知识的机会也比较多。有身边老同志的悉心指导，我在比较短的时间内就熟悉了业务。不管别人需要知道什么情况，几乎都能随口而出，信手拈来。只要有人说出某个教职员工或离退休人员的姓名，我立刻就能讲出其所在单位、性别、籍贯、出生年月和工资级别乃至他的工作简历，很快就成为大家心目中的“活档案”。其实，我并不觉得这有多难，只要对工作真正用心，肯花功夫，任何一个人都能做得到。

二、为人之母的苦与乐

我28岁那一年，女儿在西藏民族学院附属医院降生了。小家伙刚出生的时候，也许是外面的世界太精彩了，她竟然忘记了哭，睁着圆圆的大眼睛四处看。这可急坏了助产护士长，抓起她两只小脚丫“啪啪”拍了两巴掌，可能真打痛了，小家伙这才“哇——”地哭起来！哭的声音那么响亮，产房外面的人都听到了。

我们给女儿取名依宁，因为爸爸的老家是依兰，妈妈的老家是宁安，希望她不要忘本，寄托着我们的家国情怀。女儿像个小天使，给我们带来了无尽的幸福快乐与希望。我母亲专程从东北来到咸阳照顾我，但是因为有急事，没等到孩子满月，母亲就匆忙回去了。我和爱人就学着给孩子洗澡、换尿布、洗衣服，细心照顾小宝贝。爱人一边忙着备课上课，一边照顾我和孩子，忙得焦头烂额。他偶然一次吃了剩饭，导致恶心、呕吐，拉肚子，从此，落下了胆囊炎的毛病。

为人之母，养育孩子有苦更有乐。女儿慢慢长大了，对她童年的许多趣事，我依然历历在目，仿佛就发生在昨天……

爱笑的孩子。女儿刚出生第13天的时候，爸爸妈妈和外婆围坐在她旁边逗着她玩，她看到我们在笑，也张开小嘴儿“咯咯”笑起来！我们太高兴了，她会笑了！外婆说自己生了五个孩子，没有一个是这么早就会笑的。后来进了保育院，阿姨也说她每天都在笑，说她是个“只会笑不会哭的孩子”。

刚出生的婴儿，胖乎乎地讨人喜欢。我还在休产假，没事就逗着她玩儿，对着她说话唱歌。小小的她，竟也嘟起樱桃小嘴儿，不停地模仿我的口形变化，“咿咿呀呀”地学起来！嘿，女儿九个月大就开始学着说话了。女儿最喜欢听我给她唱儿歌、背唐诗，我唱歌背唐诗的时候她的小嘴也跟着一张一合地“咿咿呀呀”，可爱极了！带孩子虽然很辛苦，但看着小宝贝一天天长大，我们的心里充满无限的喜悦。

保育院里的小不点儿。女儿曾是保育院里最小的孩子。幸福快乐的日子过得飞快，眨眼间，90天的产假结束了。单位工作忙，领导催促我上班，可是孩子怎么办呢？那个年代，没有谁像现在这样雇请保姆。再说当时的工资不高，我和爱人每月工资加起来才有90元，只能维持基本生活，没有能力雇保姆。学校有保育院，教职工子女满一周岁以上的幼儿可以送进保育院。可是我女儿才刚满三个月，按规定保育院是不收的。没有别的办法，经过群培院长亲自协调，我们的女儿刚满三个月就被送进了保育院。当时小家伙还不会坐，不会翻身，头也挺不起来，只能平躺在小车里手舞足蹈“啊啊”地叫。这么小的“新成员”真是给保育院的阿姨们出了个大难题！保育院的干部职工很讲政治，讲组织纪律，只要是工作需要，没有什么不可以的。因为孩子太小，保育院的阿姨们就轮流抱着她。我每天早晨上班的时候，挎着一包干净尿布（那时候还没有“尿不湿”这种东西），抱着孩子送进保育院，课间操时跑去喂一次奶，中午下班时接回孩子，带回用过的脏尿布。午休时间先把孩子哄睡着，然后赶紧洗尿布，下午上班时再抱着孩子、带上干净尿布到保育院，晚上把孩子接回家。就这样每天在紧张忙碌中一边工作、一边带孩子，虽然辛苦，但快乐着。

离不开保育院。女儿是在保育院里长大的孩子，在她的幼小心灵里，总以为保育院就是自己的“家”。周末是她最难过的日子，一大早就要闹着去保育院。我只好抱着她走到保育院的门口，指着门上的铁锁告诉她锁门了，没有人，阿姨不在。这时候她才红着眼圈点点头，十分不情愿地回家。我们知道，她离不开保育院，离不开小朋友们。从三个月开始，直到满 6 岁才离开保育院，她对保育院感情太深了。长大以后她上了大学，还经常利用假期回去看望当年保育院的老师和阿姨们。

善解人意。女儿自小善解人意。她 8 个月大时，一个星期天，我们兴致勃勃地买了点儿肉，剁好了肉馅儿，准备包饺子吃。在她的“闹腾”中，我一个不小心把盛肉馅儿的盆碰到了地上，肉馅儿全撒了，我又气又急地坐在床边流起眼泪来。这时候只有 8 个月大的女儿看到妈妈哭，害怕极了，不知如何是好，随手抓起一块尿布，爬到我的身边，给我擦眼泪，嘴里还用模糊不清的语音说着“妈妈，我做（错）啊（了）”。呵呵，脸上享受着尿布擦泪的感觉，听着她那稚嫩的检讨声，我忍俊不禁、破涕为笑！自从有了女儿，每当我们不开心的时候，都能得到女儿善解人意的安慰。

“开始了！”女儿一岁半的时候，我去西藏出差，她就和爸爸在家里，似乎知道要和爸爸相依为命，要互相关照。那时爸爸正在看一个电视连续剧《射雕英雄传》。一天晚上，爸爸去厨房给她端洗澡水，她坐在床上等着爸爸回来。这时候电视剧开始了，她担心爸爸看不到，急忙站起来，一边跑一边喊：“爸爸，爸爸，开尺（始）了”！“咕咚”一声，她从床上摔到了地上，额头磕起一个大青包！

穿上喇叭裤。女儿小的时候，我们每月都要从不多的工资里，挤出点钱给双方老人寄一些生活费，生活比较拮据，很少给女儿买新衣服穿。我常常利用业余时间一边抱着她，一边用旧毛线给她织各种衣裤。后来朋友帮忙搞到一张缝纫机票，便买了一台蜜蜂牌缝纫机，从那以后我就用我们大人的旧衣服给她改做成小衣服。小孩儿的衣服很容易被创造出各种新款式，随着她长高，我就把小裤子往长了接，最后改接成喇叭裤，嘿，真漂亮！还挺时髦的呢！许多小孩家长问她：“这是在哪里买的呀？”女儿就骄傲地告诉人家：“这是妈妈给我做的。”

小小替罪羊。爸爸是大学老师，也曾偶而受邀为附中学生讲课。附中有些学生调皮，爸爸对他们要求很严厉。没想到，有个被批评过的女学生为了报复，竟然带了一瓶冷水偷偷溜进保育院，全都喂给躺在婴儿车里的小依宁。幸亏女儿的身体素质还不错，没有因此生病。嗨嗨，小小的替罪羊呀！

“我的屁股没有了！” 女儿是爸爸妈妈的开心果。每天早晨起床的时候，爸爸喜欢打她的小屁股催她快穿衣服，免得受凉感冒。有一天，爸爸忙得没顾上搭理她，她就自己晃晃悠悠地爬起来，在床上跳着对爸爸叫喊：“我的屁股没有了！我的屁股没有了！”爸爸听见她的叫声，回头看到她的样子，忍不住笑着跑近床前，抬起手逗她：“好啊，我来打屁股啦！”女儿看爸爸真地来打屁股了，“咯咯——咯咯”笑着藏进被窝里。爸爸妈妈都笑起来，那是一个开心的早晨。

“我那 20 呢？”女儿小的时候，我们每月领回工资后的第一件事情，就是做“计划”：给双方老人寄多少，给女儿保育费交多少，给女儿买营养品多少，买煤、米、面、菜多少，交电费、水费多少——分配完后所剩无几，基本没有零花钱了，最紧张的时候，平均每天只有五毛钱的生活费。每当做“计划”的时候，女儿都会一扭一晃地凑到跟前，踮起脚尖，用稚嫩的小手扒着高高的桌子，对爸爸妈妈说：“我那 20 呢（指保育费）？”因为她最担心的是，如果大人不小心忘掉了她的 20 元，就去不了保育院了！

小屁股被打肿了。女儿很乖，从来不让爸爸妈妈生气。可是，有一次真是把爸爸妈妈气坏了。那是一个星期日，女儿没有去保育院。平时她一般会在家门口玩，从来不走远。可是，那天转眼功夫就突然找不到她了。我们几乎找遍了整个校园，甚至通过校园广播找人，许多人也帮着寻找，还是找不到她。女儿哪里去了呢？难道真丢了？我们快要急死了！在感到毫无希望的心境之下，有人在运动场看台西北角的沙坑旁，发现她和另外一个小朋友在一起玩沙子。原来，她们太小了，被巨大的看台遮挡着很难被发现，她们又玩得太专注了，广播和呼喊都没有听见。我们抱起“失而复得”的女儿，又惊又喜又气的复杂心情无法形容，回到家里往床上一扔，对着她的小屁股就狠狠地打起来。爸爸打，妈妈也打。女儿出生以来，第一次看到爸爸妈妈如此气急败坏的样子，她被吓傻了，竟然忘了哭，只是瞪着惊恐的大眼睛看着爸爸妈妈“发疯”。晚上，给她洗澡的时候，她小屁股刚刚碰到温水，就突然条件反射般地跳了起来，仔细一看，唉哟，原来她的小屁股蛋儿已经被我们打得又红又肿！我们心疼着、后悔着……。待女儿熟睡以后，我和爱人坐在床边，给女儿红肿的小屁股轻轻地涂抹了红花油。这是我们打女儿最重的一次。

“还是回保育院吧！” 女儿6岁了，为了让她接受更好的教育，我们把她送进了七九五子弟校学前班。面对陌生的环境、陌生的老师、陌生的同学，她很不自在，胆怯地躲到爸爸身后，偷偷地观察周围。她感觉这里不如保育院好，小声对爸爸央求道：“爸爸，还是回保育院吧！”爸爸看出了她的小心思，笑着对她说：“人不能一辈子都在保育院里待着呀，你已经长大了，要上学读书，读小学，读中学，将来还要读大学呢！”女儿似乎听懂了，点了点头，背着小书包跟着老师走进教室，走进她的读书阶段。

女儿终于长大了，在爸爸妈妈的哺育、呵护、疼爱下，女儿健康快乐地长大了。

女儿永远是爸爸妈妈的贴心小棉袄。

三、进藏出差

西藏民族学院的干部教师经常进藏出差，开会、办事、课题调研、带学生实习、招生、送毕业生返藏等都是常事。

1985 年 5 月，国家全面实施工资制度改革。6 月 22 日，西藏自治区工资制度改革工作会议在拉萨召开，学院派我去参加会议。

当时女儿只有一岁多，白天送到保育院，晚上要接回家。让我放下这么小的孩子进藏出差，确实有点儿不放心也不忍心。但一想此次出差只有短短几天，所以尽管舍不得也还是一咬牙就走了。

临走那一天，早晨七点钟的航班，五点之前就要赶赴西安机场。天还没亮，我悄悄地起床，唯恐惊动熟睡中的女儿。想不到她还是醒了。她哭喊着叫“妈妈”，我抱着女儿眼泪忍不住流下来，母爱亲情在动摇着我的意志。这时候送我的汽车已经等在门外，如果再不走就要误机了。爱人看出了我的犹豫和矛盾，他把女儿从我的怀中抱过去，示意我快点走。我点点头，在女儿的哭声中流着眼泪一步三回头地走出家门，坐上汽车向机场奔去。身后传来女儿撕心裂肺的哭声，在黎明前的夜空传得很远……

1985年6月25日，朱凤相在写给我的信中写道："那天早晨你走后，女儿哭了一个多小时。她好像知道无论怎么哭喊，妈妈也不会回来，就改变发泄方式，哭闹着要吃'胡萄'（说'葡萄'发音不清楚）。家门前种着葡萄树，高高的葡萄架上结满了一串串尚未成熟的青葡萄。我知道她是要那个东西，也明白她这是变着法"抓邪火"，就抱着她到门前的葡萄架上摘下一串青葡萄给她。她抱着又酸又涩的葡萄，哭着慢慢地睡了，梦中还不时地叫'妈妈'。据保育员阿姨说，你走后第二天，她在保育院还哭了一次，边哭边说：'阿姨，我要妈妈！'看得出来，她是非常想你的。起初，睡觉时她不让我靠近，指着你的枕头说：'这是妈妈的。'不让我枕。不过慢慢就好了。"

那次去拉萨开会，原计划是一周时间，会议结束立刻就返回。没想到事情发生了变化。全区工资改革工作会议主要是传达中央文件，先提高认识、统一思想，下一步才开始做实际工作。根据西藏的实际情况，西藏怎么执行，还要搞一个具体的实施细则。自治区领导反复研究，决定从一些单位抽调既熟悉工资政策、又了解西藏情况、文字能力较强的同志组建西藏自治区工资制度改革办公室，我被列入其中。会议结束前一天，自治区党委组织部领导出面找民院的翰书记和吴玉书副院长谈，组织部工资福利处的张国珍处长（天津援藏干部）和自治区劳动局的张伟处长（湖南援藏干部）找我谈话，同时向西藏民族学院党委发出商函，抽调我在自治区工资制度改革办公室工作一段时间，并强调要我克服困难，散会后直接留在拉萨。

这个变化出乎我的意料，我和爱人都完全没有思想准备，家里一岁多的小孩子怎么办？我提出孩子问题，最后领导们商量的结果是：会议结束让我留下，起草完实施细则和领导讲话并定稿后就可以回去，初定时间大致1—2个月。暑假如果回不去的话，孩子由民院领导负责出面协调保育院继续托保。作为一名党员干部，在工作面前不应该把个人利益放在首位讲条件。我赶紧给爱人朱凤相挂长途电话商量怎么办，主要是孩子怎么办。爱人非常理解我的矛盾心情，痛快地表示让我不要着急，说：他可以一边备课、讲课，一边带孩子。我深深知道这对于一个男人来说，要面临很多的困难。但无奈之下，也只好如此。一周的短时间出差竟变成了几个月的长差。妈妈去出差了，去了很远很远的西藏拉萨，几个月不能回来。一岁多的女儿想妈妈，妈妈也惦念女儿。那时候通讯很不方便，打电话特别难。有一次听说孩子病了，我担心孩子的病情，通过朋友帮忙找到西藏军区通讯总站，通过西藏军区军线转接陕西省军区，再转接地方陕西咸阳，最后接通西藏民族学院总机，总机接线员再通过学校办公室找到我爱人，费尽周折，才好不容易打通了一次电话。

从六月下旬到九月下旬，我和工改办的同志们一直处于紧张的工作状态。为了摸清全区基本情况，我们分为三个组深入到各地市调研，对带回的数据进行分类整理，在分析总结的基础上，对照中央文件找出西藏的特殊性，提出西藏具体的政策标准和实施细则。

1985 年 7 月 31 日，我在给朱凤相的信中写道："最近几天我特别忙，整天关在屋子里写材料，根本没功夫上街。从明天开始，又要转入下一个工作重点，为 9 月份大会的召开做准备。我的任务是起草三个领导同志的讲话稿，又要紧张一阵了。"

1985 年 8 月 18 日，我在给朱凤相的信中写道："前天一天加一个晚上（第二天早晨快五点才睡觉），把领导的讲话稿写完了，要求讲两个小时，所以材料很长，将近 20 页，结果第二天睡了一天才返过乏来。"

1985 年 8 月 27 日，我在给朱凤相的信中写道："全区工资改革会议计划在 9 月 20 日召开，会期一周。这样就到 9 月底了。《改革方案》及《实施细则》已经基本定稿，有关领导的讲话稿还没有最后完成，材料要反复拿到会上讨论研究，下来修改、讨论、再修改，有些意见不统一，所以修改起来很麻烦。"

咸阳那边女儿想念妈妈，拉萨这边妈妈却回不去。女儿就以她惯用的"抓邪火"方式对付爸爸。有一天中午，正准备吃饭，她把自己的小便盆儿摆到饭桌中央，爸爸拿下来放在地上，她又端起来摆到饭桌上。爸爸生气了："便盆儿很脏，怎么能放在饭桌上呢？”她不听，还要放，爸爸一气之下打了她小屁股一巴掌。恰巧此时一架飞机从空中飞过，女儿大哭起来，一边哭一边向着天上的飞机喊：“妈妈你快下来呀，爸爸打我！”哭声惊动了左右邻居，她的话让邻居张阿姨流下了眼泪。爸爸心疼地把女儿抱在怀里，安慰她，给她讲故事，逗她笑，小孩子毕竟容易哄，一会儿就好了。那次我出差一直到10月中旬才结束，连续在拉萨工作了三个半月。

桑登是一位藏族女同志，从自治区邮政管理局政工人事处借调来的，我们都叫她大姐。桑登大姐能干又善良，不仅熟悉工资政策、了解西藏基层情况，在生活上也给予我们无微不至的关怀，经常起早在家里打好酥油茶，上班的时候用暖瓶装上带到办公室让我们喝。怕我夜里加班冷，桑登大姐还专门从家里给我拿来毛毯和披肩。我们不但是工作上的好搭档，还是生活中的好姐妹、好朋友。后来她到内地出差，还特地到民院来看望我。30多年来，我们一直保持着深厚的友谊。

其实，对于每一个在西藏工作的同志来说，都必须要面对舍老舍小、割舍亲情的考验。与那些坚持在西藏工作几十年的同志们相比，我与女儿只是分别了短短的几个月，又算得了什么呢？

由于西藏特殊的气候环境，在西藏工作的干部职工，子女和老人都无法近养在身边，只能利用每年的休假时间短暂团聚。至于赡养老人、哺育子女、乐享天伦对于他们来说都是奢望。

在西藏民族学院工作期间，尽管校址在陕西，但是因为学校隶属于西藏，所以经常要到拉萨开会、办事，已经习惯了说走就走的工作模式，进藏出差成了一种常态。毕竟陕西距离拉萨太远了，出一次差的成本比较高，所以我们都是进去一次就尽可能地多办些事情，出发之前主动到各有关部门征求一下有无需要代办的事项，尽管这些不一定是自己的本职工作，但是都已经形成了一种自觉的习惯。

四、高校管理干部中青班学习

1992 年，是我国改革开放的关键之年。这一年，国家发生了很多大事。改革开放总设计师邓小平南巡，针对当时国内关于改革的诸多争论和质疑声，发表了南巡讲话。当年 3 月，教育部举办高校管理干部中青班，我被选调进入中青班学习。通过集中学习，我对国家在当时东欧剧变的大背景下，中国的改革开放之路如何坚持走下去、如何发展经济，有了比较清醒的认识。继而，教育部又组织我们沿着邓小平的南巡路线进行实地考察学习，进一步加深认识和理解。学习结束之后，我们每个学员都提交了理论联系实际的学习文章。那是要求人人过关的一次学习，当时记忆犹新的一句话是：必须转变观念，不换思想就换人。足见国家改革开放的决心之坚定。

五、在工作中历练

（一）全心投入学生管理工作

随着高等院校不断扩招，其办学规模日益扩大。社会主义市场经济体制的巨大变革，冲击和影响着大学生的“三观”教育，社会对学生基本素质的要求也发生了很大变化。高校学生管理体制改革在全国迅速展开。为了加强新时期学生管理工作，西藏民族学院增设了学生工作处。

1992 年夏季，我被调到学生工作处，先任副处长，后任处长。对于没有当过辅导员、没做过班主任、很少直接与学生打交道的我来说，这是一个新鲜而又陌生的工作。

学生工作处是一个特别能战斗的集体，有十八军老战士王国桓、赵德令、曾绍华，也有新时代成长起来的格桑群培、赵念仁、李君、李琼、马胜利等，大家不怕苦，不怕累，经常加班加点，毫无怨言。晚上，办公楼上亮着灯的窗口一般都是学工处的同志在加班，大家习惯的口号是“当日事，当日必毕”。其实，我并不主张八小时之外总是加班，除非有特殊情况或者紧急任务。我经常对大家讲：希望同志们八小时之内在单位做个尽职尽责的好干部，八小时之外回到家里也要做个尽职尽责的好家人。所以我极力控制加班，加班必须经我批准。但是我的同志们还是经常悄悄地去办公室加班。在学生工作处这个部门，女同志多，但是一个比一个泼辣能干，做工作雷厉风行，说干就干，不完成任务决不罢休，从不拖泥带水。久而久之，学生工作处被人们称誉为“猛处”。

全处同志共同努力，一边了解掌握全校学生和管理干部情况，一边学习熟悉国家及自治区关于学生管理工作的规章制度，结合学校实际，总结摸索，建立并逐步完善了一套具有西藏民族院校特色的《西藏民族学院学生管理实施细则》，及一系列切实可行且便于操作的具体实施办法。

为了帮助少数民族贫困学生解决生活困难，千方百计想办法，“走出去”“请进来”，引进慈善机构或企业资金，设立多项奖、助、贷学金；

为了培养和鼓励学生积极参与社会实践、勤工助学自食其力，协调各方面，设立勤工助学岗位；

为了及时掌握第一手学生管理信息动态，一年四季坚持与学生同出早操，设立信息联络员；

为了了解学生宿舍的管理与学生课外生活情况，常年坚持每天晚上巡视学生宿舍。

为了不断提高学生工作处干部职工的理论修养和联系实际解决问题的能力，推动学生管理工作不断迈上新台阶，我要求全处的同志每年必须结合自己的工作实际，写出一篇工作论文。因为大家以前没有写过此类文章，最初不知道怎么写，别看同志们平时工作风风火火，写文章却显得很为难。我就一个一个地找同志们谈话，帮助分析工作，寻找着眼点和研究方向。让他们先自己写出初稿，然后我再一篇一篇地帮助他们修改。对比较成熟的文章，我就鼓励他们投稿，并向《西藏民族学院学报》《教学研究》《西藏教育》等刊物推荐。那几年，学生工作处的同志们几乎都有工作论文得以公开发表。

在 1993—1998 年间，我个人结合民族高校工作实践，就大学生思想政治教育、关于当前高校大学生管理问题分析及对策思考、学生德智体综合量化考评及其与高校学生管理系列化之关系、考评结果与奖学金挂钩、改革学生管理模式、优秀大学生奖助学金、贫困大学生贷款措施、学生就业等方面进行研究探讨，先后公开发表论文十余篇。

（二）全力做好后勤保障工作

1999 年 7 月 28 日，正值暑假期间，因为极其特殊的原因，在极仓促的时间内，我被学校党委紧急调任总务处处长，与我同时调任的还有三位搭档：党总支书记曾大远和两位副处长赵念仁、郭昆青。所谓“仓促”是什么概念呢？就是新班子当天接受任命当天上岗。在高校工作过的人都知道，总务后勤摊子大，吃喝拉撒无小事，时刻不敢虚位。我和我的新班子成员就是在这样毫无准备的状态下，站到了总务处的岗位上。我们四个人中，曾大远同志原是学校纪检委副书记，郭昆青同志原是图书馆总支副书记，我和赵念仁同志来自学生工作处。我们这四人中，没有一个人熟悉总务后勤工作。我本人更是如此，身为女同志，平时对学校的水、电、暖以及干部职工的吃、喝、拉、撒、住、行等杂事很少关心，同工人师傅们打交道也不多。现在突然让我来担任这个总务处长，主管万人的后勤服务保障工作，我的压力可真是太大了。

一些教职员工私下纷纷议论：“让一个女同志管住几百号爷们儿，不容易啊！” 也有一些好心人劝我：“总务处工作众口难调，又脏又累，是个费力不讨好的地方，谁去谁倒霉，千万不要去。”但即使这样，也要迎难而上，朱镕基总理不是说过吗？就是刀山火海地雷阵也得闯了！我相信，只要团结依靠集体的力量，真抓实干，不存个人私心，就不可能干不好。

上任的当天晚上，我登门拜访了两位曾经在总务处工作过的老前辈。一位是曾经当过总务处膳食科科长的退休干部何志清，他是一位十八军老干部，对管理食堂伙食有着多年的丰富经验；另一位是曾经当过总务处处长的退休干部罗正方。我真诚地向他们请教。他们看到我面临压力虚心前来请教，非常感动，也很高兴。他们帮我仔细分析总务处现有的情况，理清思路，指点我需要依靠哪些人，要先从哪些方面入手，哪个部门要重点关注，哪些岗位要严格管理，什么时间、什么地方容易出什么问题，哪些事情最容易招来师生员工的意见和不满等等，我都一一写在本子上，记在心里。我心里已经有点儿数了，也有些底气了。既来之，则安之，干吧！

此时，当年我在教育厅工作时候的老领导色决卓嘎同志调任西藏民族学院副院长，分管总务后勤工作。在卓嘎院长的支持下，总务处新班子迅速开会研究分工，确定指导思想和初期工作目标，统一认识。先摸清情况，然后建立工作制度和工作规范，分头负责开展工作。从此，我们新班子团结带领全处干部职工风风火火地干了起来。

我们先一点一点地摸清家底：全处有多少人，正式职工多少，聘用合同制工人多少，临时工多少，岗位设置和干部配备状况，有多少个仓库、多少摊账、多少个承包单位、多少个创收点、提成与分配情况、外欠咱多少账、咱欠外债多少、有多少个工程、资金状况如何等等。从查清水、暖、电、气、锅炉、食堂、车队、维修、绿化、保洁等等具体部门和岗位做起，将熟悉事与熟悉人、熟悉工作环节同步进行。起早贪黑，加班加点，虚心向工人师傅们学习，很快就同他们打成一片，取得了广大后勤员工的信任、配合与支持，顺利进入了角色。

那一年，国家拨款 7200 万元专项经费，用于西藏民族学院基础设施建设和升级改造，这在上世纪 90 年代可是个天文数字，是很大的工程。学校建立 40 多年，基础设施陈旧老化，严重制约学校的教学科研发展，水、电、暖设施和道路都亟需改造升级。为了熟悉业务，我和同志们一起，日夜加班学习规划、设计、预算、招标、工程管理等方面的基本知识，竭力适应工作需要。鉴于班子人员结构的弱项——都是外行，我们专门从兰州工业大学聘请了一位电力专家做工程监理，在施工各环节中，严格规范管理，确保工程质量，不放过一丝一毫的质量问题。

有一天，施工单位的一名负责人来到我的办公室，拿出一个照相机放在我的办公桌上，我当时没有看到。等我发现以后，那个人已经离开了。我意识到事情有点微妙，立刻叫来党总支书记曾大远同志碰头商量，并请他出面把照相机退还回去，同时把情况及时通报给另外两位副处长，并询问他们有没有类似情况发生，深情告诫领导班子成员务必引以为戒，千万不要收受施工单位的一分钱一件物。正因为首先确保了自己和队伍干净廉洁，所以才确保了当年供水、供电、供暖三个系统升级改造工程和校园道路拓宽改造建设项目均被评为优质工程。

从 1999 年 7 月到 2000 年末，一年半时间里，我和工人师傅们一起工作在第一线，没有穿过裙子和高跟鞋，没有一个节假日是和家人一起度过的。因为我知道，越是节假日，后勤越容易出问题，师生员工休息的时候，也正是工人师傅们最辛苦的时候。我必须要和工人师傅们在一起，虽然我干不了多少活，但也要陪伴他们坚守在工作岗位上。领导在现场，大家情绪就稳定，心情就舒畅，就能最大限度地确保全校师生员工的正常生活秩序。

2000 年末，延安一所兄弟高校的后勤处以给西藏民族学院总务处领导拜年的名义，送来了 10 头羊。如何处理这些羊？处务会研究决定：全处职工辛辛苦苦干了一年，过新年的时候，请全处干部职工团拜聚餐，上一道手抓羊肉。新年团拜会那一天，总务处几百名职工，除了值班人员以外，全都参加了，大家欢聚一堂，互送祝福，共度新年。

我在总务处工作的时间并不长，满打满算一年半。但是在这个岗位上的历练，是在其它别的岗位没有机会得到的，虽然苦一点，累一些，却让我受益终身：

在这里，和同志们一起进行了后勤社会化改革的探索；

在这里，亲历了作为一个女同志很难接触到的环境和辛苦；

在这里，锻炼了自己的意志力和吃苦耐劳的品格；

在这里，近距离与工人师傅们同甘共苦，深深感受到一线劳动者的艰辛与不容易，了解了他们的喜怒哀乐，学习了他们真诚直率吃苦忍耐的优秀品质，感慨他们的劳动创造与奉献应当受到尊重和爱戴。

我感谢所有后勤人，珍惜在这个岗位上与广大工人师傅们结下的深情厚谊。也感谢我的爱人朱凤相，是他经常在夜深人静的时候陪伴我到施工现场察看工程进度和质量情况，到水电暖各个值班室查看人员在岗及安全运行情况。如果没有他们的支持和帮助，我怎么能克服重重困难顺利完成工作任务呢？

2000 年 12 月述职感怀：

忙忙碌碌年复年，
愈是节假愈难闲。
谁言后勤难千万？
工人师傅撑起天！
人生贵在尝百味，
公仆贵在勤且廉。

莫道无功总有苦，
满园春色心中甜！

六、要做群众的知心人

2000年末，我被选拔走上校级领导岗位，工作更繁忙了，但是工作作风没有变。只要是不出差、不开会，我都会坚持出早操，和学生、班主任、辅导员保持密切交流沟通；坚持晚上到各学生公寓楼转一转，及时掌握学生管理工作中出现的新情况，发现问题，及时召集有关部门的领导和班主任现场研究解决问题。学生干部和公寓管理人员喜欢跟我聊天，向我反映情况，提出意见建议，学生们对一些社会敏感问题有什么想法，也喜欢同我聊，这样我就能了解掌握学生的思想动态，及时加以教育引导。学生们喜欢叫我“院长阿姨”，我能理解，因为孩子们远离父母亲人，渴望亲情与爱护。如果学生们几天连续见不到我，他们就知道“院长阿姨”准是又出差不在家。

晚饭后，有时候陪母亲在校园里散步，最初母亲很高兴，渐渐地她就不想跟我一起走了。我问母亲为什么，她说：“跟你一起散步走不动，遇见人说话没完没了的。”那些年龄大的离退休老同志喜欢把我当知心人，他们中有不少是十八军老战士和建校初期来到学校的老教师，我打心眼里敬重他们，他们也愿意亲近我，走在路上碰到了，再忙也要跟我聊几句家常话，开心事儿喜欢说给我听，烦心事儿也想跟我念叨念叨，特别是对一些他们看不惯想不通的事情，也想向我发一发牢骚。每当听到老同志的烦恼啊委屈啊牢骚啊，我就开导开导，帮他们宽宽心；有困难能帮助解决的尽力想办法帮助协调解决，实在解决不了的，也记着过后找机会跟人家说清楚，做一做思想疏导工作，尽量不让老同志在心里憋屈着结下疙瘩。我觉得对老同志一定要放低身段，要尊敬，要谦虚，尤其要有耐心，不能嫌麻烦，更不可居高临下让老同志伤心。

在许多人眼中，我比较容易接近，接地气，没“架子”。

第十二篇　重返拉萨

2005 年 7 月 16 日，学校招生录取工作正在进行中，时值暑假，因为分管招生工作，暑假休息不了。我在办公室阅读文件，突然接到自治区党委组织部电话通知，调我到西藏藏医学院工作，任职副院长，主要任务是筹备迎接教育部的高校本科教学工作水平评估。距离教育部专家组进校时间仅剩 57 天，时间紧迫，让我人先进藏，任命文件随后下发。要求我于 7 月 20 日前报到。只有三天准备时间。

一、夫妻携手再进藏

拉萨，那是我熟悉并且曾经工作过的地方。西藏条件艰苦我不怕，可是藏医学院对我来说，太陌生太有神秘感了。

只知道那是我国唯一一所独立设置的藏医药高等学府，此外其他什么情况都不清楚。自己既不懂藏医药学，也不懂藏语，能行吗？

再者，我走了爱人怎么办？他已年过50岁了，近几年血压在随着年龄的增长开始升高，医生嘱咐每天按时服用降压药。怎么办？还要再两地分居吗？唉，纠结啊！

当天晚上，我和爱人朱凤相照常到各学生宿舍楼转了一圈，然后走到大操场散步，我把这个消息以及自己的纠结告诉了他。出乎我意料的是，他一听竟然满口支持。我说："我走了以后，你怎么办？"他想了想，平静而轻松地说："我也跟你一起去。"这一下更把我惊住了！是在开玩笑吧？想当初25岁的时候，他曾经追随我去拉萨，因为严重不适应高原气候半年就折戟而回。如今都已经50岁了，还要再次随我去拉萨？！我说："不行不行！你还是留在民院，一边工作，一边给咱们看家吧，女儿放了寒暑假也好有家可回。"他神情坚定地说："我不是开玩笑，是认真的！"沉默了几分钟，他又充满深情地说道："我太了解你的性格了，对组织的决定你是从来不会说'不'的，干起工作来就是个拼命三郎。咱们都已经是年过半百的人了，更需要互相照顾。你孤身一人去西藏工作，咱们互相牵肠挂肚，却谁也照顾不上谁，那种滋味不是更难受吗？从西藏回来这20多年，我们不是一直在坚持锻炼身体吗？现在身体没有问题，这次进去我会吸取上次的教训，少活动。咱们俩一起进藏，行！你就放心吧！”

对于爸爸妈妈二次进藏工作，女儿依宁虽然有所担心，但是也很理解。她在写给我的一份电子邮件中，寥寥数语却情深意切：“您和爸爸是这个世界上我最亲的人，我真地很怕爸爸妈妈会有任何的意外发生，爸妈的健康平安对我而言就是最大的愿望。希望爸爸妈妈这次进藏工作为了我也要好好保重身体，平平安安，健康长寿，这是女儿最大的愿望！”“妈妈：我会好好照顾自己的，只希望您到了那里别太累，女儿给妈妈买了一瓶现在最好的防晒霜，托邓宇给您带过去。虽然叫儿童防晒霜，但是物理防晒，很温和，效果特别好。西藏那里紫外线很强，妈妈好好用，效果好了我再给您买。”女儿的话，让我好暖心，也让我减轻了一些担心。

距离报到时间只有三天，不容犹豫。我立即向自治区党委组织部打电话报告，汇报了我爱人要求随行进藏的情况，请示怎么办。组织部领导当即表示热烈欢迎，并且嘱咐说可以让他人先进来，调动手续后面由教育厅出面办理。

就这样，果断地决定，快速地行动。第二天匆匆忙忙买了几件御寒装备和简单生活用品，仓促做了些准备。动身进藏的前一天晚上，学校领导班子集体为我们饯行。许多教职员工是在我们走之后才知道我们夫妇俩已经又一次调进西藏的事情。

2005 年 7 月 20 日，一个难忘的日子，我和爱人朱凤相再次打起简单行囊，匆匆告别西藏民族学院，夫妻携手乘上飞机，重返阔别了 20 多年的西藏拉萨。

爱人朱凤相在飞机上作诗一首：

《有感于二次进藏之时》

银鹰冲天起，
飞往拉萨城。
白云脚下过，
江河似蛇行。
五十知天命，
又踏新征程。
芳草连天碧，
依依满别情。

我也即兴随附四句：

回首望秦川，
休言蜀道难。
夫妻乘鹰往，
苍茫云海间。

（2005 年 7 月 20 日）

二、拉萨新家

我们于当天下午抵达拉萨。啊，时隔20多年，我们又回来了！

七月的拉萨，又是格桑花盛开的季节。

西藏藏医学院办公室主任新达娃同志早已经在机场迎候，他向我们献上洁白的哈达。开车的师傅叫白玛贡桑，一位高大魁梧的藏族兄弟。上车以后，白玛师傅关心地让我们吸上氧气，再三叮嘱我们少说话，闭上眼睛休息。为了减少路上颠簸，白玛师傅尽量把车开得慢一些。从机场到拉萨的途中，我看到熟悉的高原景色，阵阵激动涌上心头。虽然这些年也经常到拉萨出差开会，但是此次心情完全不同。以后不再是短暂出差的过客，是又一次调进来长期工作，并且是夫妻同行一起来的，感觉是完全不一样的。

由于西藏藏医学院住房紧张，我们的“家”被暂时安置在教育厅职工宿舍，虽然简单，但是干净整洁，备有氧气，门前还有个不大的小院子。李谦书记和央金副主任早已等候在“家”里热情地迎接我们。李谦书记是一位老西藏，和我是老朋友，比我年长几岁，早我三年进藏，1976年毕业于哈尔滨医科大学，志愿进藏工作，先后在西藏卫生学校、西藏医学院、西藏藏医学院担任主要领导，为西藏的医学教育发展和医学人才培养做出了很大贡献。李谦书记关照我们说：

“刚到拉萨，先抓紧时间休息两天，后面再谈工作。记住：一定尽量少说话，少活动。”

为了尽快适应高原气候，我老老实实地卧床休息了两天，第三天就上班了。

我在西藏藏医学院工作，爱人朱凤相在西藏大学当老师，仍然干他的老本行，教古典文学和古代汉语课。

西藏大学的前身是西藏师范学院，1985 年更名为西藏大学。朱凤相 1980 年第一次进藏的时候，就曾在这里工作生活了半年时间。如今走进阔别 25 年的校园，已经看不到记忆中当年西藏师范学院的模样。25 年，学校发生了天翻地覆的变化，西藏师范学院已经发展成为西藏大学，是国家“211 工程”重点建设大学，成功入选“中西部高校基础能力建设工程”名单。晨光中，美丽的校园里，回响着校歌《青春在这里闪光》。

朱凤相上班的第一天，去时兴致勃勃，回来感慨万千。从西藏大学徒步走回家，作词抒怀：

《水调歌头·返藏抒怀寄远朋》

久有冲天志，
重返拉萨城。
二十五年过去，
不见昔日景。

迎宾大道广阔，
拉鲁湿地葱茏，
车流人潮涌，
一派都市风。

解行囊，
会亲朋，
足不停。
欣逢四十大庆，
饱览雪域风情。
卧闻夜雨声声，
晓观白云碧空，
边陲风光美，
如在图画中。
遥寄同学辈，
早作西藏行。

（2005 年 7 月 25 日）

第十三篇　见证西藏藏医学院发展

2005年7月23日，我去自治区党委组织部报到，区党委常委、组织部长尹德明同志同我谈话。尹部长对我说，自治区决定将西藏藏医学院列为我区第一批接受教育部本科高校教学工作水平评估的单位，你们一定要认真做好迎评准备，争取顺利通过评估，并且通过迎评促进建设，推动发展，同时为以后西藏其他高校接受评估积累经验、提供借鉴。

一、第一天上班的印象

7月24日，我第一天去西藏藏医学院上班。西藏藏医学院的校门，雕刻彩画，极富藏民族特色。走进校园，首先映入眼帘的，是矗立在办公楼前广场上高大的藏医学家玉

西藏藏医药大学

妥·宁玛云丹贡布雕像，周围白玉雕栏，一派浓郁的藏医药传统文化气息扑面而来。

学校召开了处级以上领导干部和中级以上专业技术人员大会，自治区副主席白玛才旺到会并讲话，区党委组织部副部长梅高原同志宣布了尼玛次仁院长和我的任命文件，白玛才旺副主席和教育厅厅长宋和平同志分别向我们提出工作要求，尼玛次仁院长和我分别作了简短的表态发言。

接下来又召开了学校领导班子第一次见面会，班子中的李谦、尼玛次仁、泽多、赤列旺杰等几位同志，早前我们就比较熟悉，都是西藏教育战线的老朋友，唯有嘎旺副院长是初次见面。后来才知道，嘎旺同志是从部队转业来的一位英雄人物，日喀则军分区副司令员，曾被授予“高原雄鹰”荣誉称号。

上班第一天，给我的初步感觉是，西藏藏医学院是一所特色鲜明的大学。她除了专业特殊外，还因为有不同于其他高校的校情。

特殊之一是语言。这个见面会，让我开了眼界，同时也让我隐约感觉到在这里工作的难度，可能远远超出自己的思想准备。开会的时候，我身边坐着一位藏族年轻教师给我当翻译，他叫大次仁，是西藏藏医学院的首批藏医专业硕士研究生、中国科学院“西部之光”访问学者，后来又攻读了藏医博士学位。在会上，那些藏医老专家和年龄稍大些的藏族干部教师发言，基本都讲藏语，包括尼玛次仁院长讲话，也用藏语，间或使用一两句不太流利的汉语。大家讲的什么，我基本听不懂，主要靠大次仁老师给我翻译。

特殊之二是专业。以往对现代医学比较熟悉，因为西藏民族学院设有医学专业，主要侧重于现代医学。藏医学即藏族传统医学，是藏族人民在青藏高原的特殊环境中积累的医学经验基础上发展起来的学科，是我国民族医药学的重要组成部分。对我来说，以前只是听说，没有接触过，感觉既陌生，又神秘。

特殊之三是民族结构。由于专业的原因，西藏藏医学院的教职员工绝大多数是藏族，师资中的高层次人才主要是本校自己培养的。汉族教职工只有 9 人，我是第 10 人。藏族学生的比例几乎为百分之百。后来听说有一名女生是来自云南的汉族。

二、以迎评为动力

距离教育部专家组进校还有 50 天，时间紧，任务重。到了新岗位，来不及熟悉环境，我便紧锣密鼓地投入工作。李谦书记主持召开党委会议研究决定，近期在确保正常教学秩序的前提下，主要任务是全力筹备迎评工作，以迎评为动力，查漏补缺，推进学校快速发展。

西藏藏医学院是西藏第一所接受教育部本科教学工作水平评估的高校，自治区党委非常重视。一方面对这所学校寄予“以评促建”的厚望，另一方面也希望通过评估来摸索总结经验，为后面区内其他高校评估提供一定的借鉴。

为了检验迎评筹备工作情况，查找差距，自治区教育厅邀请国家中医药管理局和区内外高校部分专家赴西藏藏医学院，于 2005 年 7 月 31 日—8 月 4 日对西藏藏医学院按照评估要求进行了一次认真严格的“模拟评估”。

8月4日上午，“模拟评估”专家组向学校反馈了意见。归纳起来大致有三点：第一，学校办学特色鲜明，要进一步总结；第二，对师生员工迎接评估的热情要进一步动员，准备得不够充分细致；第三，对评估指标的内涵理解欠缺，评估材料要重新搞，在理清思路的基础上，要有总结有深度有力度还要有广度，支撑备查材料要进一步搜集、整理、健全、完善，用材料说话。自治区教育厅副厅长杨念鲁（教育部援藏干部）要求，西藏藏医学院要认真对待专家组提出的问题和意见。我们的目的是推动学校快速发展，不单纯是迎评。学校要根据指标体系、方法、程序要求，马上重新准备文字材料，整改补充，补充不了的，写出说明材料争取理解。

当天下午，学院召开了全体教师和科级以上干部会议，传达“模拟评估”专家组的反馈意见，对下一步的迎评筹备工作进行再动员再部署。查漏补缺，针对存在的问题逐项制定整改方案。以迎评为动力，推动学院快速发展。

8月5日，召开了全校师生员工迎接教育部本科教学工作水平评估动员大会。李谦书记和尼玛次仁院长的坚决态度以及全体师生员工团结向上、群情激昂的场面让我深受感动和鼓舞，更加坚定了信心。

这时距离教育部评估专家组进校还剩40天。西藏藏医学院迎接教育部本科教学工作水平评估工作进入倒计时。迎评工作分成四个阶段，落实责任，人人有责，全员齐心协力，党委及时跟进检查，整体有序，忙而不乱。

组建迎评办公室，设材料组、档案组、接待组。抽调专人集中时间、集中精力准备文字材料。主体材料有九个，亟待完成的是《自评报告》及两大块体系指标材料和三大块工作部门材料、附件支撑系列材料。

当时我对藏医学院的情况知之甚少，从其队伍建设到专业设置以及办学条件，还都不太清楚。评估需要的所有主体材料和基础性支撑材料，全部要从头开始搞，时间已成为最大的问题。需要搜集、查阅、整理、书写的材料太多，有点“老虎吃天，无从下口”的感觉。压力很大，深怕因为个人工作不力，耽误了学校的评估结果。

第二天我们材料组住进距离学院比较近的琅赛宾馆。为了减少干扰，提高效率，聚精会神搞材料，我们有言在先：完成任务之日，乃是回家之时。大次仁、王沛华、王积瑞这几位年轻的“笔杆子”，既熟悉学校情况，又能写文字材料，另外从西藏民族学院借调了陈敦山同志，我们五个人开始不分昼夜甚至通宵达旦地“连轴转”。尼玛次仁院长重点在学校那边协调档案组的大边巴次仁、小边巴次仁、达罗、张红伟、泽仁青措、泽仁卓玛、小米玛等同志随时为我们查找搜集支撑材料并快速提供给材料组。

从查找资料做起，到分门别类整理卷宗，最后形成厚厚的评估报告，其间，经历了一次又一次的推翻重来，反反复复地修改补充完善，大家都已经头昏脑涨。由于连日夜间工作太晚，我们每晚睡下时已是次日黎明，感觉非常累。到了第 17 天早晨，我想要起床，却几次都没能起来。咬紧牙关爬起来，走出房间，站在走廊上一看，另外那几个年轻人也都没有起来。敲门喊他们吃饭，他们都说不想吃。看来每个人都疲惫到了极点。可是，这个关口不能倒下，必须振作起来！我硬着心肠，强行把他们几个年轻人从床上拽起来，拉着他们去餐厅吃早饭，然后继续投入工作。21 天后，我们终于按照教育部的要求把学院迎接评估的工作材料全部整理完毕。主件是厚厚的综合报告，附件是西藏藏医学院办学十七年来教学、科研、管理过程中积累下来如小山一般的原始基础支撑材料。

主件综合报告共有 9 个大材料，其中有 4 个主体报告、5 个规划材料。

4 个主体报告，分别是自评报告、特色材料、自评依据、汇报材料。

5 个规划：西藏藏医学院“十一五”——2020 年发展规划；西藏藏医学院教育事业发展规划；西藏藏医学院专业学科建设规划；西藏藏医学院师资队伍建设规划；西藏藏医学院校园建设规划。

附件是各观测点体系支撑备查材料近 500 个。

完成任务的那一刻，我们终于松了一口气，终于能够睡足觉了，终于要回家了！

当时，材料组大次仁的女儿才 6 岁，王积瑞的孩子更小，他们的爱人一边要忙于工作，一边又要照顾孩子，忙得不可开交。但为了完成迎评任务，他们取得家人的理解支持，克服困难，坚持昼夜工作在琅赛宾馆，硬是连续21天没有回家。多年后，已经成为好朋友的大次仁每次提到这次迎评材料整理工作，总是回忆说：“那时候其他困难都能克服，但最害怕的是，刚认识几天的您第二天一大早追查材料进度、审查材料内容的环节。每次感受着您对材料进度和质量的双重严格要求，面对着您严厉认真、耐心细致、反反复复的修改，总是让自己充满‘江郎才尽’的难堪和‘拖后腿’的愧疚感！”那是一段同甘共苦的难忘记忆。

后面的筹备接待工作按照预定计划，分步顺利实施。

在迎评筹备过程中，自治区党委、政府领导和教育厅领导高度重视，吴英杰书记、白玛才旺副主席和教育厅玛尔琼书记、宋和平厅长、杨念鲁副厅长多次亲临学校视察指导筹备工作，指示我们通过筹备迎评工作，促进学校发展。

2005年9月13—22日，教育部专家组如期进校，对西藏藏医学院的本科教学工作水平进行评估。西藏藏医学院作为西藏自治区第一批接受评估的高校，专家组对学院的办学特色、专业优势、教学管理、科学研究及产学研结合等多方面给予了充分肯定和高度评价，并对学院存在的问题和今后的改革发展提出了意见建议。

在有全校县处级以上干部和中级以上专业技术人员参加的评估意见反馈大会上，教育部专家组组长乔旺忠教授宣布：

“西藏藏医学院以其独到的专业优势、鲜明的办学特色和严谨的专业精神，赢得了评估专家们的高度肯定和赞誉，评估是合格的！殷切希望西藏藏医学院继续努力，早日办成西藏藏医药大学！”

这个“合格”结果，在其他一些高校，可能不足为奇，但是对仅有17年办学历史的西藏藏医学院来说，实属不易。全国乃至全世界只有这么唯一的一所藏医药高等院校，从无到有，她在成长中，需要阳光与呵护。她无现成的专业体系可拿来借鉴，她要在传统与现代相结合中探索创新。她就像早晨八九点钟的太阳，充满无限希望，正在冉冉升起。

记得评估结束的那一天晚上，全校师生员工和评估专家们一起欢聚在校园广场上，燃起篝火，载歌载舞，互献哈达，互送祝福。人们激动得热泪盈眶，共同祈愿西藏藏医学院开创更加美好的明天。

通过这次迎接评估筹备工作，西藏藏医学院的广大师生员工接受了一次现代教育理念的洗礼。大家深受鼓舞，看到了差距，明确了方向，增强了信心，凝聚了力量，为学院下一步整改和今后的跨越式发展奠定了有力基础。

实践证明，西藏藏医学院不负众望，经过一代又一代新老藏医人的努力奋斗，践行科学发展观，实现跨越式发展，专家组的希望和藏医人的梦想终于变成了现实。2018年底，在西藏藏医学院成立三十周年前夕，经教育部批准，西藏藏医学院更名为“西藏藏医药大学”，并于2018年12月28

日正式挂牌，为我国的藏医药高等教育事业发展翻开了崭新一页。

三、以整改促建设

评估顺利通过了，根据国家教育部、自治区党委、政府的要求，学院下一步要以提高办学理念、加强队伍建设、改善办学条件、学习先进教育模式、提高教学质量和培养层次等方面作为主要整改目标。

当时西藏藏医学院的基础设施和教学科研条件还很简陋。学校只有一个藏医药古籍资料室，供教师查阅古籍资料；一个藏医教学唐卡挂图展室，供教学讲解使用；一个校史展览馆，供学生和来访客人了解学院及藏医药发展历史；一个投影教室，因无人使用而常年关闭。

从2005年至2011年，我先后担任西藏藏医学院副院长、党委副书记兼副院长、党委书记兼副院长。因工作需要，领导班子中嘎旺副院长和赤列旺杰副院长调走了，新提拔了普琼同志、米玛同志两位年轻藏族干部担任副院长。张金文同志从西藏民院调藏医学院任副院长，王衍彪同志调任纪检委书记，领导班子力量越来越强。我们的工作重点是狠抓整改，以整改促建设。

说真的，在藏医学院工作，我没有什么优势可言，短板太多，一不懂藏医学，二不懂藏语，工作难度可想而知。最初，

藏医学院领导班子

我曾经尝试走进课堂去听听课，而老师讲课用的都是藏语，我一句也听不懂。再拿过学生手中的教科书看看，一个字也不认识。碍于中间离开课堂对老师不礼貌，我只好坚持着坐了一堂课。总体感觉是，老师讲课认真，对教材很熟悉，板书熟练，时而在黑板上写着，一边写一边讲，时而提问一下，学生站起来恭恭敬敬地回答老师问题。学生听课聚精会神，不停地在本子上记着写着。课堂气氛安静而庄重，教师学生注意力集中。唯有我“鸭子听雷”，听不懂语言听不懂内容，只当感受课堂氛围而已。

初到藏医学院时，最挠头的事情是开会。我面临的问题是，听不懂藏语，很难做出来自第一思维的正确反应，难以及时表达意见和意愿。年轻点的藏族干部教师还能讲点汉语，年龄大的，尤其是藏医名老专家，基本不会说汉语，都是用藏语讲话。我的身边总是需要有年轻教师给我当翻译，大次仁、多吉仁青、仁青加、大边巴次仁、小边巴次仁、白玛罗布、达罗、张红伟、向海英等同志都在这方面给了我很多帮助，帮助我克服语言障碍带来的工作不便。这方面，我打心眼里敬佩李谦书记，在多年的工作实践中，他已经能够听懂很多藏语。还有张宏伟同志，他的父母都是老西藏，在父母的熏陶影响下，张宏伟的藏语说得棒极了。他们都是我学习的榜样。怎么办呢？着急也没用。我相信，困难只是暂时的。

整改需要做的事情很多，先从哪里抓起呢？学校党委研究制定了整改方案，从几个大的方面确定了宏观的框架设想。按照党委分工我主要负责整改工作。但是整改方案落实起来，则需要一项一项地制定实施细则，以确保整改实效。

整改要抓关键。党委形成共识：西藏藏医学院要实现跨越式发展，必须更新办学理念，实行传统与现代相结合的教育模式。在具体整改措施方面，一方面要抓住机遇，积极申报国家级建设项目，提高综合办学能力；另一方面要用足中央政策，主动借力对口支援，推动学校建设。

（一）积极申报国家和自治区项目，提高综合办学能力。

由教务处、科研处、藏医系重点牵头，全体教师、科研人员抓住我国高等教育大发展的黄金机遇期，积极申报自治区级、国家级建设项目，提高综合办学能力。

1. 成功申报并获批准新专业：

——藏药学本科

——藏医学（护理学）本科

——藏医学（临床药学）本科

——藏药学（市场营销）本科

——护理学本科

——市场营销本科

——天文星算学专科等；

2. 成功申报并获批准民族医学（藏医专业）硕士学位授权点、临床医学硕士专业学位授权点、藏医学博士学位授权点；

3. 成功申报并获批准国家特色专业建设点：

——藏医学

——藏药学；

4. 成功申报并获批准国家教育体制改革试点项目：

——藏医药；

5. 成功申报并获批准国家人才培养模式创新实验区：

——构建传统与现代相结合的藏医药现代高等教育体系与人才培养模式实验区；

6. 成功申报并获批准自治区重点学科建设项目：

——藏医学

——藏医基础理论；

7. 成功申报并获批准国家中医药管理局重点学科：

——预防保健学

——藏药方剂学

——藏药药理学；

8. 成功申报并获批准自治区级精品课程：

——藏医人体学

——藏医内科学

——藏医外治学

——藏医外伤学

——藏药植物学

——藏医药理学

——天文星算学；

9. 成功申报并完成中央与地方共建高校特色优势学科实验室建设项目：

——藏药新药实验室

——藏医临床实验室

——藏药种植实验室

——传统藏药炮制工艺实验室；

10. 成功申报并完成省部（教育部）共建协同创新中心项目：

——藏医药省部共建协同创新中心；

11. 成功申报并完成省部共建重点实验室：

——藏医药重点实验室（与教育部共建）

——藏医药与高原生物重点实验室（与科技部共建）。

（二）主动借力对口支援，推进学校快速发展根据国家安排部署，对口支援西藏藏医学院的有北京中医药大学、江西中医学院（后更名为江西中医药大学）、哈尔滨医科大学、上海中医药大学、广州中医药大学、成都中医药大学、天津大学七所高校。借力对口支援高校的优势，解决西藏藏医学院需要整改的短板弱项问题，推动藏医药高等教育快速发展，这是难得的机遇。

为了提高工作效率，我们先是把工作的重点放在学校自身方面。首先根据学校存在的问题和整改需要，研究制定出合理、可行的整改方案。这个方案既有总体目标，也有分年度实施细则及经费预算，内容涵盖选派援藏干部教师、为藏医学院培训教师和管理干部、合作开展科学研究和产业开发、联合培养博士研究生、帮助藏医学院改善办学条件和硬件基础建设等。再为每个支援高校单独设计一套具体明确的支援方案（每年一个项目），计划在 4—5 年内完成。

在做好这些基础工作的前提下，于 2005 年 12 月中旬，尼玛次仁院长和我带着这些方案，直飞北京，首先向教育部汇报。得到教育部认可后，我们就开始对七所支援高校逐个登门拜访。一所学校一所学校地上门协商沟通，虚心听取支援高校的意见和建议，共商对口支援方案。在反复沟通协商的基础上，西藏藏医学院分别与七所对口支援高校签订了《对口支援项目实施协议书》。

从 2006 年开始，这些对口支援项目逐步得到落实。尼玛次仁院长和我每年都要亲自奔赴各支援高校，登门通报年度援助方案的落实情况，在表示感谢的同时，确定下一年度的项目实施意向，确保对口支援方案顺利落实。每年的暑假，在拉萨召开援藏工作协调会，邀请七所支援高校的主要领导及相关部门同志进藏，现场考察工作进度，跟进下半年工作安排。几所高校相关负责人坐在一起，自然就有了各校互相比较互相促进的氛围和效果。实践证明，效果很好。

这期间我们与各援助高校的合作都是非常友好愉快的。西藏藏医学院能充分理解援助高校虽经费不宽裕，但仍克服自身难处，宁可自己过紧日子，也要尽量腾出人手、挤出经费落实援助项目。最让我们感动的一句话是江西中医药大学党委书记刘红宁教授说的“支援西藏是我们最大的政治”。

在我的记忆中，也曾经有过偶尔的“不愉快”。2008年底，尼玛次仁院长和我按照惯例前往各援助高校协商确定2009年度援助项目意向。在北京中医药大学，双方先是沟通了2008年度援助项目的落实、援藏干部教师在藏工作、藏医学院送出培训的干部教师学习等方面的情况。在研究2009年度援助项目时，北京中医药大学乔校长提出本校正在紧锣密鼓地筹备50周年校庆活动，需要花钱的地方太多，学校经费拮据，建议原计划援建解剖实验室的项目推迟一年。我一听急了，很不冷静地一拍桌子：“不行！校庆也不是今年才定的，对口支援项目也是三年前就确定了的，怎么能因为校庆就推迟援藏项目呢？再说，堂堂一个北京中医药大学真地就差这50万吗？”北京中医药大学的同志们没有想到我真生气了，表态非常大度："好好好，按既定方针办，咱们都过过紧日子，不要耽误援藏项目！"过后很长一段时间，我都为此很不好意思。凭良心说，北京中医药大学作为民族医学院校的老大哥，从迎接评估到落实整改，对西藏藏医学院的支持帮助非常大，全体师生员工看在眼里、暖在心上。当然，争归争，吵归吵，我们都是为了工作，并没有因此影响友谊，我和乔校长至今仍然是好朋友。

尼玛次仁院长是一个性情和顺的人，有着温厚的学者气质。散会后，在返回驻地西藏大厦的路上，他笑着说："今天在会上你拍桌子，把我吓了一跳，看你是真生气了。我觉得挺不好意思，人家支援咱们，咱还拍桌子。"我说："这没什么不好意思的，咱也不是给自己要钱，是党和国家给咱们的政策关怀。全国支援西藏是责任和义务，咱们为藏医学院要钱，是理直气壮的。更何况，确定好的事情不算数了，咱们能不生气吗？"尼玛次仁院长若有所思地点点头，继而又摇摇头。我笑着对他说："唉，都不容易啊！放心吧，没事儿的！"

对口支援西藏是党中央国务院的一项英明决策，充分显示了社会主义制度的优越性。各对口支援高校把对口支援西藏作为一项重要的政治任务，不断加大支援力度，有力促进了西藏教育事业的改革和发展。对口支援西藏藏医学院的七所高校坚持真情援藏、科学援藏，发挥资源优势、人才优势、管理优势，围绕西藏藏医学院面临的教育教学模式、教师队伍建设、基础设施建设等薄弱环节，突出重点，精准施力，帮助西藏藏医学院集中力量解决了最突出的困难。

在国家、自治区重点支持建设项目和对口支援高校的帮助下，经过十年努力，西藏藏医学院教学科研的基础设施得到了极大改善。学院有了一系列规范的实验室和图书馆，实现了现代化多媒体教学，有了一定规模的直属附属医院，全校 50 岁以下的教师和管理干部分期分批派往对口支援高校进行了有针对性的挂职学习培训。综合办学、学科建设、本科教育、硕士生培养、科研等方面能力和水平迅速提高。在与北京中医药大学联合培养博士生的基础上，逐步发展到独立拥有博士学位授予权。2018 年，教育部批准西藏藏医学院正式更名为西藏藏医药大学。

四、西藏藏医学院走向全国，走向世界

整理迎评材料的过程，让我在比较短的时间内，对藏医药学的基本内涵和专业特殊性有了进一步的学习、认识，对西藏藏医学院的历史、现状和发展前景也有了比较全面的了解。

藏医药学是中华民族医学宝库中的一颗瑰宝，也是世界传统医学中具有显著代表性的民族医药学。

藏医药学在其 3870 多年的发展历史中，由无数藏医先辈以包容开放的智慧，在高度总结本土医学理论和经验的基

础上，广泛借鉴和吸收周边民族和国家的先进医理医技而形成了博大精深的医学结晶。

《四部医典》是藏民族自然医学科学和哲学理念的结晶，也是集藏医药学医学理论和实践精华于一体的代表性典籍。《四部医典》成书于公元8世纪，由藏医药学创始人玉妥·宁玛云丹贡布编著。全书共四部、156章，系统地阐述了藏医学的基本理论和临床医治原则及措施，其内容涉及藏医胚胎学、生理解剖学、饮食行为学、药理学等基础理论知识和各科临床疾病的发病机理，病情诊断、治疗原则以及各类治疗药物和手段的实施方法等系统知识，被誉为“藏医药百科全书”。

藏医药学在漫长的历史发展过程中，其传承教育方式以家族继承、寺庙教育、师承教育和规模不等的私塾教育为主。其中，公元8世纪由玉妥·宁玛云丹贡布在贡布米林山区创办的医学院是历史文献记载中规模和影响最大的藏医教育传承基地。

公元17世纪中叶，五世达赖喇嘛第一次以官方名义在哲蚌寺西殿、日喀则桑珠寺、布达拉宫东大殿、曲水尼玛唐寺等地开设藏医学馆，指派名师，广招门徒，但均未能维持长久。

公元1696年，第司·桑杰加措创办“药王山利众院”，延续300多年，是藏医药教育史上历时最长、规模最大、影响最广的公办医学院校。

1916 年，西藏旧政府建立融医疗、教学、制药和历算于一体的“拉萨门孜康”（拉萨医算院），先后培养近百名医、算师。

西藏和平解放以后，党和国家十分重视藏医药医疗教育事业的发展，为了利于统筹管理、整体发展，将原“药王山利众院”和“门孜康”合并，从民间录用一批名老藏医药师，于 1959 年成立“拉萨市藏医院”，并以此为依托，先后培养两批近百名藏医药师，为现代藏医药事业发展奠定了基础。

1974 年，拉萨市卫校开设藏医班，先后培养了 140 多名中专学历藏医药师，开创了藏医药现代学历教育。

1983 年成立西藏自治区藏医学校，招收培养藏医、藏药专业中专生。

1985 年西藏大学设立藏医系，招收第一批藏医专业本科生，标志着现代意义的藏医药高等教育事业的起步。

1987 年，筹建西藏藏医学院。

1989 年 9 月，西藏藏医学院挂牌成立，成为全国首个经国家批准独立设置的公办藏医药高等院校，标志着藏医药高等教育从继承走向发展，从传统走向现代的伟大变革。

建校之初，西藏藏医学院主要在西藏招生，后来逐渐发展为以西藏为主，同时面向青海、甘肃、四川、云南、内蒙、新疆等兄弟省区。学院最初的教学方式也很有特色，主要是老师讲、学生听，记诵《四部医典》。

学生们学习非常刻苦，校园里有一道四季不变的风景线:

清晨天不亮，学生们就开始在路灯下朗读背诵《四部医典》；晚上教室熄灯以后，仍有许多学生站在路灯下或教学楼、办公楼的走廊里，借着微弱的灯光读书背诵经典甚至到深夜。

按照多年惯例，学校每年都要举办1—2次《四部医典》通背会。申请报名的学生站在学术厅的讲台上，用藏语背诵《四部医典》。老师和学生们安静地坐在台下聆听，专家组集体打分评审。对一字不差完整通背《四部医典》的学生，由学校颁发《四部医典》通背证书。在这种激励机制下，每年都有一大批学生因为能够准确无误地完整通背《四部医典》而获得证书。这类学生的荣誉度很高，不仅享受学校一等奖学金，而且极受社会欢迎，还不到毕业的时候就已纷纷被区内外各大藏医院（所）、藏医药企业争相聘用。这种特色教学引导方式，对学校的学风产生着非常强大的激励作用。这一道学习风景，深深感动了内地高校来的援藏干部和援藏教师们。北京中医药大学援藏干部于天源教授曾经拍下许多藏医学院学生“借光读书”的照片，发回北京让自己的学生引为榜样。

发展到2005年以后，学院已有藏医学、藏药学、藏医临床药学、护理学、市场营销等本科专业和藏医学、藏药学、藏医学（护理学）、天文星算学等专科专业，藏医专业、临床医学专业2个硕士学位点，并由与北京中医药大学联合培养藏医专业博士生发展为独立具有博士学位授予权。有藏医药研究所、教学药厂、附属医院、藏药材种植基地。先后承担并完成国家级、省部级科研项目，包括国家科技部863计划藏医药研究技术平台项目、科技部973计划项目4项、国家自然科学基金项目5项、国家科技支撑计划项目4项等20多项并获奖。300万字的藏医药学巨著《四部医典大详解》获国际藏医药学术大会金奖、国家科技进步二等奖。编写了全国第一套共24本藏医本科教材；编写了全国乃至全世界第一套共7本藏药专业本科教材；编写了全国第一部《藏医专业本科教学大纲》；承担并完成了国家中医药管理局“21世纪藏医专业本科规划教材”中11门课程教材的编写工作；教师发表高水平学术论文160多篇，出版学术专著16部。收集整理了措如·才郎教授近60多年行医和研究所得专治疑难病症的秘方、验方300余种，这些秘方在藏药研发中具有非常大的潜力，也是藏医学院今后研究的主攻方向。同时，整理出版了藏医药古籍资料20余部；研制出治疗心脑血管、调节血压的名贵藏药然纳桑培（珍珠七十丸）、治疗胃病名贵藏药常觉、抗乙肝藏药“石榴健胃散”、“七味红花殊胜丸”、糖尿病新药（“301”“302”“303”）等，开发研制了治疗胆结石藏药（胆石康）、治疗多血症藏药、胃药（堆松矗库）及系列美容产品。2004年学院藏药学（生药）学科被列为国家中医药管理局西部重点学科项目；西藏藏医学院藏药厂顺利通过国家GMP认证；藏药厂已经生产藏药64个品种，其中24个品种获得国家批准文号，7个品种被列入国家中药保护品种，3个品种被评为自治区名优产品，2个品种被评为国家技术创新优秀产品，并被列入国家火炬计划项目。

当时学院拥有硕士生导师26人，博士生导师3人，享受国务院特殊津贴专家2人，全国藏医药医师资格考试命题首席专家1人，国家和自治区药品评审专家5人，国家级非物质文化遗产传承人5人，自治区级教学团队一个。

那时候学院规模虽然不大，但是基本构建了以本科教育为主体，兼备研究生教育、成人继续教育、非学历继续教育等多层次、多规格办学的教育体系和以教学为中心，以科研促进教学、以医疗保障教学、以产业服务教学，产学研协调发展的办学格局，形成了突出藏民族和藏医药文化特色、传统与现代相结合的藏医药高级人才培养模式，成为全国乃至全世界唯一一所国家批准独立设置的藏医药高等院校和藏医藏药研究中心，既是培养高层次藏医药人才的摇篮，又是开展学术研究、科技开发与应用的基地，也是向世界宣传和展示中华民族优秀传统文化的窗口。

客观地看，当时的西藏藏医学院，还处于相对比较封闭的状态。她虽然很美丽，但是与外面交往不多，几乎不受外界影响，而外界对她的认识和了解也很有限。西藏藏医学院在外界眼中，带有一定程度的神秘色彩。她应该走出去，要走出西藏，走向全国、走向世界，要让全国和全世界认识她，看到并欣赏她的美丽。

学院先后多次派遣专家学者赴美国、英国、德国、南非、澳大利亚、巴西、日本、韩国、蒙古、比利时、新加坡、尼

泊尔等40多个国家访问、考察、讲学、学术研讨，开展“西藏文化交流宣传活动”；为30多个国家和地区的学者讲授藏医药学知识；分批组织青年干部教师50余人（次）出国开展学术交流、学习培训。

第三届世界大学女校长论坛于2006年8月18日—22日在北京人民大会堂召开，参加会议的有来自37个国家和地区的大学女校长和专家学者。大会上，我做了关于女性教育发展的主题发言，题目是《从女性大学生比例的提高看西藏藏医药高等教育的发展》。我的发言，引起与会代表的高度关注和热烈反响，来自世界各国大学的女校长及专家学者们，惊讶于中国还有个西藏藏医学院，那里培养了大批的藏医药高层次专业人才，竟然还有藏医女硕士、女博士，使他们对西藏的高等教育特别是对颇具神秘感的西藏藏医学院有了一定了解。

2006年10月，在全国第三届民族医药工作会议上，我第一次了解到我们国家的民族医学，除了中医、藏医之外，还有蒙医、维医、苗医、朝医、傣医等等，各具特色，宛如瑰宝般灿烂夺目，在不同的地区为各族人民群众的身体健康发挥着重要作用。在那次会议上，开始与会者基本都是围绕着医药生产问题发言讨论。我作了大会发言，题目是《传统与现代相结合，科学继承，创新发展，努力探索藏医药人才培养新模式》。我的发言立刻引起与会者的热烈讨论。大家一致认为，藏医藏药历史悠久，理论体系较为完整。民族医学的发展进步，离不开民族医学教育的发展进步和人才培养。西藏藏医学院的人才培养模式为各兄弟民族医学人才培养提供了宝贵的经验。

与此同时，学院全面总结经验，展望远景，广泛宣传，扩大影响，通过《人民日报》《光明日报》《中国教育报》《中国中医药报》《西藏日报》《中国政协》《中国高等教育》等报刊和中央电视台、西藏电视台等新闻媒体，突出宣传在党和政府的重视关怀下，西藏藏医药高等教育事业发展取得的辉煌成就，进一步营造促进学院发展的良好氛围，取得了理想效果，鼓舞和激励了广大师生员工的士气，坚定了推进西藏藏医学院快速发展的决心和信心。

在全国民族医药工作会上发言

五、加强思政教育，培养合格人才

作为一所民族传统医药高等院校，西藏藏医学院在加强高校党建和思想政治教育工作中，紧紧围绕“为谁培养人、培养什么人、如何培养人”这一根本问题，充分发挥党委的政治核心作用，把握政治方向，驾驭工作全局，明确目标任务，落实工作责任，改进方式，创新举措，突出大学生思想政治教育，提高针对性和实效性，努力培养“靠得住、用得上、留得下”的社会主义新西藏建设者和接班人，推进藏医药高等教育事业快速发展，更好地为促进国家和西藏经济社会发展服务。2009 年，西藏藏医学院被评为“全国高校党建和

大学生思想政治教育工作先进单位”。主要有六个方面做法:

（一）建立完善大学生思想政治教育工作机制

学院坚持从西藏藏医药高等教育实际出发，认真学习贯彻《中共中央、国务院关于进一步加强和改进大学生思想政治教育的意见》《中共西藏自治区委员会、西藏自治区人民政府关于贯彻〈中共中央、国务院关于进一步加强和改进大学生思想政治教育的意见〉的意见》，制定了《西藏藏医学院关于学习贯彻〈进一步加强和改进大学生思想政治教育的意见〉的实施意见》，成立了学院大学生思想政治教育工作委员会，全面指导协调大学生思想政治教育工作；成立了党委学工部，负责大学生思想政治教育具体工作；根据学院机构与人员编制调整情况，完善了教学系部党组织设置。同时，加强德育工作队伍建设，制定了《学院班主任（辅导员）工作职责》《学院加强辅导员队伍建设实施细则》等，并在推进班主任兼政治辅导员工作的同时，为教学系、部配备了专职政治辅导员，促进大学生思想政治教育工作机制的完善，形成了学院、学工部、各系部基层党组织、各班主任与专职辅导员相结合的工作机制，为大学生思想政治教育工作提供了组织和制度保障。

（二）坚持用马克思主义中国化最新理论成果武装学生头脑

在办学实践中，学院坚持以培养社会主义事业接班人为宗旨，坚持科学文化知识教学与思想品德教学相结合，在加强学生专业知识和专业技能教学的同时，着力抓好“两课”教学。一是学院领导和部门重视，充分认识到思想政治理论教育在整个课程体系中的重要地位，积极推进“三进”工作，督促教务教学部门，结合实际，把“三进”工作落到实处，抓出成效。二是发挥德育教师为人师表的示范作用，改进方式，提高实效，上好政治理论课。三是抓好教学环节。在课程设置上，把政治理论课教学的重要内容，列入教学计划，编写了适合学院实际的《“两课”教学大纲》和“两课”补充教材。在教学中，保证足够的课时。“三进”工作的核心是“进头脑”。因此，学院还坚持课堂教学与课外活动相结合，在搞好“第一课堂”教学的同时，把组织学生参加课外活动作为“第二课堂”，进行补充教学。主要是通过举办相关专题讲座、组织学习讨论、参加社会实践等活动，推进“三进”工作。通过“第一课堂”的正常教学和“第二课堂”的补充教育，促进广大学生对中国特色社会主义理论体系基本理论观点、精神实质和科学内涵的理解和掌握，使其更加坚定社会主义理想信念，增强刻苦学习、奋发向上的决心和信心。

（三）突出以反对分裂、维护祖国统一和民族团结为主要内容的爱国主义教育

西藏藏医学院是继承发展藏民族优秀传统文化的医药高等院校，主要任务就是培养德智体全面发展的社会主义合格建设者和可靠接班人。结合西藏实际，我们始终坚持把以反对分裂、维护祖国统一和加强民族团结为主要内容的爱国主

义教育，作为加强学生思想政治教育的重要内容，抓紧抓实。坚持把马克思主义祖国观、民族观、宗教观和文化观以及唯物论、无神论教育作为重要内容，在学生中着力组织落实。按照《西藏藏医学院深入开展揭批达赖活动的实施方案》，在开展经常性教育的同时，坚持运用学习教育、座谈讨论、培训提高等方式，开展揭批十四世达赖分裂活动，举办爱国主义教育专题会。

围绕建国60周年、西藏民主改革50周年，以及学院建院20周年，坚持贴近实际、贴近生活、贴近学生，着力开展“新发展、新变化、新生活”宣传教育活动。通过举办首场“全区教育系统开展纪念西藏民主改革50周年宣讲活动”，组织开展纪念西藏民主改革50周年暨设立“西藏百万农奴解放纪念日”升国旗唱国歌仪式、“五月放歌”文艺汇演以及爱党、爱国、爱藏、爱校、爱师、爱生“六爱”系列教育活动等，努力营造积极、健康、向上、团结、和谐的校园文化氛围，不断增强广大师生“反对分裂、维护稳定、促进发展”的自觉性和坚定性。

同时，充分发挥校园宣传栏、网络、板报、广播等宣传媒体的作用，广泛宣传西藏是祖国不可分割一部分的历史，宣传中央的英明决策、全国人民的支援和西藏发展的大好局面，以及“三个离不开”和民族平等团结互助和谐的社会主义民族关系。

以学院建院20周年为契机，凝聚力量，广泛动员和发挥基层党组织的战斗堡垒作用、党员的先锋模范作用，争创优良业绩，有力促进学院建设发展。

同时，重视开展内容丰富、形式多样的思想政治教育活动。每年组织开展融政治教育、素质教育、文体娱乐、科技宣传等为一体的“校园文化月活动”；利用“五四”“七一”“十一”“一二·九”等节点，开展爱国主义教育活动。通过开展“青年月”系列活动、“防灾减灾周”宣传推广活动，组织学生参加全区大学生“感恩、思进、回报”演讲比赛、全国第二届大学生艺术展演活动；组织收看国庆庆典活动，举办庆国庆锅庄晚会；组织观看系列报道片《跨越》，开展庆祝西藏百万农奴解放50周年文艺晚会等活动。举办知识竞赛、歌咏比赛、演讲比赛、综合性文艺活动等；利用宣传栏、黑板报、校园广播和网络等宣传设施，坚持贴近实际、贴近生活、贴近师生员工，开展“新发展、新变化、新生活”宣传教育活动，宣传党的方针政策和时事政治；给每个班级配备了电视机，组织学生收看相关节目，并不定期地组织师生员工观看电影、文艺节目，组织学生积极参加课外活动，开拓视野、丰富知识，取得了良好效果，促进了校园和谐稳定。

（四）不断完善帮扶助学机制，努力帮助贫困学生解决实际问题

西藏藏医学院针对90%以上学生来自农牧区，且贫困学生较多的实际，坚持把解决学生的思想问题和实际生活困

难问题结合起来，积极开展思想政治工作调研活动，持续深入分析大学生中的倾向性思想状况和思想政治教育工作状况，在开展经常性教育的同时，从解决学生的实际问题着手，增强思想政治教育的针对性、实效性，提高吸引力、感染力。建立完善了《西藏藏医学院领导联系系部与部门负责人联系学生班级制度》《西藏藏医学院三级干部联系系部班级制度实施细则》，坚持深入学生，开展调查研究，关心了解学生的思想状况、学习态度和家庭经济状况等。坚持以学生为本，想方设法为贫困生解决实际问题，制定了《家庭生活困难学生确定办法》，明确了困难学生的确定条件（基本条件、具体条件）、确定范围、确定等级和比例、确定办法及程序和要求，对贫困生减免学杂费，为特困生发放助学金；并多方积极协调，组织开展院内外献爱心资助活动，设立“贫困学生基金”。通过“奖、助、贷、减、免”的方式，学院专款设立贫困生资助基金、勤工助学基金，发放助学贷款，确保贫困学生安心学习，顺利完成学业。

（五）充分发挥特色优势，以“三下乡”为主要内容，组织开展社会实践活动

在加强和改进大学生思想政治教育工作中，学院始终重视学生全面发展，注重发挥藏医药特色优势，每年坚持组织学生开展送医药、送文化、送科学知识为主题的“三下乡”社会实践活动，服务基层农牧区群众。这些社会实践活动搞得有声有色，不仅受到了广大农牧区群众的欢迎和好评，而

且使学生在实践中得到了锻炼、增长了知识、开拓了视野、陶冶了情操。

（六）高度重视和着力抓好在大学生中发展党员工作

由于专业特色，学院学生主要来自西藏、青海、四川、云南、甘肃等少数民族省区，民族结构单一，学院坚持从实际出发，按照“坚持标准、保证质量、改善结构、慎重发展”的方针，以“一年级有入党积极分子和考察培养对象，二年级有新党员，三年级有班级党小组或党支部”为工作目标，高度重视在大学生中发展党员工作。一方面，坚持把解决学生的思想问题和生活困难问题结合起来，针对学生的学习压力、经济压力、就业压力，正面引导学生、教育学生、管理学生、稳定学生，做到政治上多培养，学习上多支持，生活上多关心，解决好学生的世界观、人生观和价值观问题，运用学习教育、座谈讨论、培训提高等方式，把思想教育工作做得有实效，使他们自觉地向党组织靠拢，积极申请加入党组织。另一方面，努力健全完善大学生党员培养工作机制，制定了《西藏藏医学院发展党员工作规范》和《发展学生党员三个阶段考察表》，由学生所在班级班主任、辅导员、党支部和学工处（团委）负责培养考察。教学系、部党总支每年坚持举办党课教育培训班，对学生党员和建党积极分子进行党的基本知识培训教育和考核。学生党员由占在校学生总数的6.1%逐年提高，学生党员队伍逐步发展壮大。

六、亲情牵挂

那些年，我频繁地进出西藏。有时一周之内快速往返，从西藏高原到内地平原，海拔降低，气压升高，会产生“醉氧”反应，疲乏无力，昏昏欲睡，还没有完全适应低海拔气候，又要急忙返回拉萨，从内地到高原，海拔升高，气压降低，又会出现高原“缺氧”反应，头痛心慌，恶心乏力，双腿发软，难以入眠。这一切，被爱人朱凤相看在眼里，牵挂在心。每逢我出差，他都要亲自去机场相送，每次回到拉萨，他也坚持一定要到机场迎接。

2006 年 12 月 14 日，我从北京返回拉萨。爱人朱凤相在去机场迎接我的途中遭遇大风，拉萨河畔狂风卷起漫天黄沙。满心焦虑中他作了一首诗表达他当时的心情：

《赴机场接雅君遇风沙有感》

穿邃渡桥向机场，
西望沙岸走孤烟。
骏风顿作垂沙幕，
遮住河水挡住山。
司机告我鸿难降，
我心悬起口发干。

欲令屏翳掩旗鼓，
还我晴空万里蓝。
候机厅内徘徊望，
远山露脸喜眉梢。
一架银鹰天外来，
心随机落笑开颜！

那些因公出差小别数日乃至数月的分离时光，使我和爱人朱凤相在互相牵挂、互相期盼中精神与情感不断得到升华。

2009年12月，我去四川、江西、广东等地出差，行前与朱凤相约定：西藏大学放寒假之日，即是我们全家相聚北京之时，届时我们分别从拉萨、南昌启程回北京过年。朱凤相2009年12月28日在拉萨开往北京的火车上，触景生情，遂作诗一首——《念奴娇·归途有感》：

列车飞驰，
疾如电。
告别圣地拉萨，
去意似箭，
凤相雅君相约北京聚。
可可西里，
一弯新月，
夜色朦胧中。

南昌古城，
欢声笑语相送。
思念阖家团圆，
妻儿相陪伴，
盼享天伦，
人间情暖。
恨路远，
归心切，
嫌车慢。
日夜兼程，
纵穿青藏高原向幽燕！
欢乐无限，
盛满酒贺新年！

其实，这种频繁进出西藏的不适和亲人的牵挂，哪一个在西藏工作的干部职工不曾经历过呢？

七、上海浦东干部学院学习

2009 年 5 月，我被派往上海浦东干部学院参加西部地区“科技创新与特色优势产业发展”专题研讨班学习，为期 3 个月。这次研讨班学习，时机非常好，恰逢西藏藏医学院整改建设后期。通过三个月沉下心集中精力地学习，理论上收获很大。站在浦东大地上，亲身感受着浦东发展模式带来的巨大变化。在中央的特殊关怀下，浦东经济发展取得了举世瞩目的巨大成就。再回过头来静心思考西藏藏医学院的发展，如何乘着中央对西藏经济发展的特殊政策之东风，突破传统观念，真正实现传统医学与现代教育相结合，创造藏医药高等教育事业的辉煌？

在浦东学习期间，我结合西藏藏医学院的发展实际，完成了三篇论文：《学习实践科学发展观调研报告》《关于对西藏藏医药如何向区域特色优势产业发展问题的思考》《关于西藏藏医学院辅导员队伍现状分析及大学生班集体建设思考》。

在浦东干部学院学习，完成了我的又一次人生充电。

第十四篇　我的藏族兄弟姐妹

在西藏工作生活，虽然气候恶劣，条件艰苦，但是有那么多的藏族兄弟姐妹，是幸福快乐的。

一、过林卡

最开心的事情，当属周末或者节假日和我的藏族朋友们一起过林卡。有时候去拉萨的公园，有时候去拉萨河边或者郊区的树林草地，用多彩的花条布围成一片独立的小天地，支起太阳伞，铺上地毯，放起音乐。桌上摆着各种各样的藏式美食小吃，果盘里装满奶渣、水果和坚果。人们忙着煮牛肉，打酥油茶，敬青稞酒；唱歌的，跳舞的，玩藏式骰子的，打扑克的，聊天的——我是属于最后这一种，喜欢聊天。林

过林卡

卡气氛热烈而温馨，欢快而和谐，我觉得那是太阳底下最悠闲自在、最幸福快乐的人间天堂。

二、做客

最暖心的事情，是到藏族朋友家里做客。我和爱人有时间会利用周末或节假日，到藏族朋友家里做客。经常去的是尼玛次仁院长家里，有时也去我的司机白玛贡桑家里，还有好朋友次旺俊美家里。

尼玛次仁是西藏藏医学院的院长，国家藏医药首席专家、博士生导师。他自 13 岁起师承措如·才郎大师学习藏医，是国家级非物质文化遗产代表性传承人。我和尼玛次仁院长既是工作上的默契搭档，也是相互敬重的好朋友、好兄弟。

西藏藏医学院安居新村居住的都是学院的教职员工，每家每户的房子都是一样的。一排一排的连栋二层小楼，每排两户。

尼玛次仁家就住在安居新村。朱红色金边大门镶嵌着金黄色门环，门环上系着洁白的哈达，象征吉祥，祈愿平安。进了院门是一个大院子，墙角边有一个葡萄架，葡萄树生长繁茂、结满串串果实，地上开满鲜花。二层楼带耳房，对面还有一间独立平房，用作大卫生间、洗衣房。主客厅很大，大约有 40 平方米，南面是落地大玻璃窗，采光极好，阳光

做客

照进来，宽敞明亮，温馨舒适。客厅里摆着宽宽的、长长的藏式沙发，上面铺着纯毛藏毯，一排藏式茶几置于沙发前面，茶几上摆满奶渣、点心、水果、干果等美食。有两个餐厅。在我眼中，这在内地就是大别墅。后来才知道，这里居住的每一家都是这样。我不禁由衷感慨：今天的新西藏变化太大了，藏族人民生活真幸福啊！

尼玛次仁一家祖孙四代，爱人卓嘎是自治区藏医院的医生。年近80岁的老岳母德央啦是一位令人敬重的老阿妈，退休于西藏自治区妇联，是西藏和平解放初期第一批随团到祖国内地参观学习的藏族女干部，性格爽朗，非常健谈。德央老阿妈一口流利的汉语普通话，我们一边喝着酥油茶，一边聊天，讲述过去的故事，说着现在的生活，感慨西藏的发展变化，联想内地的新闻趣事……与我们交谈起来总是那么开心，朗朗的笑声里流露出满满的幸福感。德央老阿妈打心眼里拥护共产党，她对国家大事的关注程度和与时俱进的生动语言让我们深感她的开明和睿智，不由得肃然起敬。德央老阿妈身体健康，白发不多，面色红润，干净利索，家里大小事务都由她亲自打理，那种精神头根本不像一位已年近八十岁年纪的老人，我和德央老阿妈是忘年之交，直到我从西藏退休回到内地以后，每逢过年过节，我们都要打电话互致问候，她还托人给我带来西藏特产。德央老阿妈每次到北京，一定会给我打电话，来我家做客。她临走时，我们都会约定：下次还要再来！

三、白玛贡桑

给我开车的司机师傅叫白玛贡桑，平时习惯叫他白玛。当时白玛四十刚出头，一米八几的个头，浓眉大眼，肤色黑里透红，当过文艺兵，唱歌跳舞很棒，见了生人有点腼腆。他的爱人卓玛是我的好姐妹，初中在上海的共康中学西藏班读书，大学毕业于南京气象学院。是西藏自治区气象局的首席气象预报员。

有一次聊天，卓玛给我讲了白玛的一个小故事，让我感动不已。原来，白玛贡桑从部队复员到地方工作以后，一直在西藏藏医学院开车，手持A照，是学院的车队队长，也是驾驶技术最好的师傅。白玛多年来一直酷爱自己的胡须，就像印度电影《流浪者》中拉兹那样的胡须，很酷。我调来后，学校研究决定由他给我开车。白玛听说要给女领导开车，他所作出的第一反应竟让很多人包括他的爱人卓玛都没有想到——把多年的“美髯”剃掉了！不仅如此，为了车里没有烟味，他又快速戒掉了吸烟习惯！白玛师傅给我开了六年零三个月的车，直至我离开藏医学院调到自治区新闻出版局为止。我与白玛夫妇不止于工作层面的同甘共苦，还有自始至终的互相尊重、互相关心、互相帮助。亲如兄弟般的民族情谊，缔结了两家人之间割舍不断的友谊。即使我离开藏医学院以后，我们的友谊也一直保持着。再后来我退休到北京，每逢春节藏历新年，白玛夫妇都要打来电话互致祝福，还委托朋友给我带些西藏的牦牛肉和奶渣，我也给他们寄一些内地的地方特产。这邮包里寄托的是我们那份难舍的思念与牵挂！

四、千里姻缘

张廷芳、次旺俊美夫妇是我和朱凤相的好朋友，也是我们心中的偶像。他们那充满传奇色彩的人生，令我们心生崇敬。

1965年，次旺俊美是北京师范大学来自西藏的第一个藏族本科生，在北师大学习生活七年，他不仅收获了知识，还因为品学兼优和多才多艺而赢得了同届校友北京姑娘张廷芳的芳心。大学毕业之际的1971年12月31日晚上，两人在北师大举办了一场有多民族来宾参加、彰显民族大团结，载歌载舞、别开生面的婚礼。结婚之后，两人主动要求一起进藏工作。可那时学校的派遣计划并没有西藏的名额，最后由校帮他们转呈申请才获准进藏。北京姑娘进西藏在那个年代可不常见，张廷芳也因此被认为是文成公主的品格和精神的传承者。1972年以来，次旺俊美和张廷芳先后在西藏自治区师范学校、西藏师范学院、西藏大学工作，两人分别先后担任西藏大学校长、副校长，他们共同亲历并见证了西藏高等教育发展的历史进程，用自己的青春为雪域高原的高等教育事业谱写了光辉的一页。

我们两家的缘分和友谊由来已久。1980 年朱凤相第一次进藏在西藏师范学院工作，就与张廷芳同在汉语教研室，当时张廷芳是教研室主任，她像大姐一样在工作生活多方面给予朱凤相关心和帮助。1992 年 12 月，次旺俊美调任地处陕西咸阳的西藏民族学院任党委副书记、院长，当时我和朱凤相也在西藏民族学院工作。2005 年我和朱凤相第二次奉调进藏工作，朱凤相在西藏大学文学院任教，又一次与张廷芳同在一个单位，其时张廷芳已任西藏大学副校长，次旺俊美时任西藏自治区社会科学院院长。

有许多周末时光我们是在次旺俊美和张廷芳家里度过的，因为那里有民族团结的和谐温馨，那里有美丽的“格桑花”，那里是我们心灵的一个港湾，在那里能感受到“家”的味道。

五、珍惜幸福生活

长期与藏族兄弟姐妹朝夕相处，使我对藏族文化、风俗礼仪有了一定的体验和感受。藏族人民在日常生活中，体现出很高的道德修养和文化素养，而表现得又是那么自然。

藏族人民非常讲究和注重礼节。家里来了客人时，全家人都会出来迎接。当有长者或尊者到场时，所有坐着的人会马上自觉地站起来；待人接物时全部是用双手，并且微微弯腰；喝茶时，先给别人添茶水，右手持壶倒茶，左手掌心向上贴近茶杯表示尊敬，最后才轮到自己；交谈时或者随便地聊天时，从不打断别人的话或抢着说话；说话声音也都适中，很少高声讲话；如果房间里有一个人接听电话，其他人会自觉停止说话，保持安静，以便接电话的人能清晰听见对方的声音。藏族人民待人接物时的言谈举止是那么谦恭优雅，彰显出内在的涵养之美。

藏族人民讲究家居的美观、舒适和整洁，处处体现出佛教文化的影响和他们天生高超的色彩运用能力。他们喜欢用鲜艳的色彩、精美的雕刻、与佛教内容有关的图案装饰房屋、家具，整体协调统一、色彩斑斓。毛毯和地毯的使用，更是给人一种华丽的感觉。

藏族人民始终保持着丰富、平静、坦然、自在的内心世界，对别人的谦恭和尊重，没有显示出他们的微不足道和渺小，反倒让人觉得他们是那么伟岸、宽广，令人敬佩。

藏族人民对毛主席、共产党、对社会主义祖国充满深厚感情。热爱解放军，称其为“金珠玛米”；尊敬医生，称其为“门巴”；尊敬师长，称呼为“格啦”。每家的正堂显要位置都悬挂着毛主席和现在国家领导人的画像，上面挂着洁白的哈达。百万翻身农奴及其后代们永远不忘毛主席、共产党的恩情，万分珍惜今天的幸福生活。

如今的社会主义新西藏，就是我梦中的香巴拉，就是人间的天堂！

第十五篇 亲历“3 · 14”事件

2008 年 3 月 14 日，拉萨发生了骇人听闻的“打砸抢烧”严重暴力犯罪事件。

那天上午，拉萨市民像往常一样，上班、上学、做生意、转经、逛街，来自国内外各地的游客三五成群地在街头游览，一派安宁祥和。谁曾料想到，一场灾难突然降临。

中午我下班回到家，一切如常。吃过午饭，想休息一会，等待司机白玛开车来接我上班，躺在沙发上竟不知不觉睡着了。沉睡中忽然被外面的嘈杂声惊醒，我闻声开门走出去，看见白玛师傅来了。

白玛神色不安地告诉我，在来的路上遭遇到一些人追赶着砸车，他是绕路冲过来的。他说，当他开车行驶至当热中路转弯处时，从旁边跑来几个人一边喊叫，一边追着用石头砸车。他惊诧地向四周一看，见到后面和南面的路口都有一些人在喊叫，有的拿着铁棍木棒，有的拿着石头，还有人拿着刀，见到行人就打，见到过往车辆就扔石头砸，有的汽车已经被烧着了。白玛当时不知道发生了什么情况，只顾急着躲避石头，径直开着车快速向东驶去，绕行至夺底路向南转到江苏东路才来到教育厅。车刚开进教育厅大门，就有一大帮人从西边跑过来喊叫着要往里面冲。门卫见状，急忙关上大门并向领导报告。

我听了快速向大门跑去。教育厅领导和值班人员已经赶到大门口，同时通知机关干部马上到大门口集合准备应急。此时大门外边的人还在越来越猛烈地砸门推门，企图往院子里面冲。同事们纷纷手握铁锨木棍等工具，把平时消防用的高压水龙头也拿来备用以防万一。我们守卫在大门口，严阵以待。

教育厅西边的相邻单位是拉萨市委，此时拉萨市委大门前面有更多的一群人正叫喊着试图砸开大门往院里冲。西边不远处的八廓街方向传来许多人“呜呜嗷嗷”的吵嚷喊叫声，能看到有人爬上了楼顶，一边挥舞着什么东西，一边大声喊叫。八廓街里很快就冒起了滚滚浓烟，夹杂着“噼噼啪啪”的响声。我们意识到出大事了！

街上已经很乱，包括我们在内的所有人都无法去上班了。白玛师傅要走，我对他说，现在外边太乱很危险，暂时先不要出去，看看情况再说。白玛说他很不放心自己的爱人和孩子，要赶紧回去。为了防止路上被砸，他索性把汽车留下，自己徒步跑回去了。

一些不法分子在小昭寺用石头攻击执勤民警，呼喊分裂国家的口号。潜伏在城区各处的不法分子也迅速出动，并开始用棍棒、石块、匕首暴力攻击执勤民警和过往群众。在八廓街、林廓北路、色拉路、纳金路、二环路和北京中路等地段，不法分子成群结队，疯狂地对一些政府机关、临街铺面和拉萨市二中、海城小学、冲赛康商场、中国银行西藏分行北京东路支行、电信移动营业网点以及新华社西藏分社、西藏日报社等新闻单位实施打砸抢烧。

一时间，昔日美丽的“日光城”浓烟四起，高原古城笼罩在恐怖中。

早上还是阳光灿烂，下午则变得阴云压城。

滚滚黑烟遮盖了蓝天白云，空气中弥漫着橡胶和燃烧物的刺鼻气味，老城区及周边到处是燃烧的车子和商铺，大批商店、银行、宾馆、单位的财产被暴徒砸毁或焚烧，沿街的门窗、岗亭、自动取款机、红绿灯一片狼藉，部分城区停电，通信中断。

根据掌握的情况，这起严重的暴力犯罪事件是由达赖分裂集团有组织、有预谋、精心策划煽动的，是由境内外“藏独”分裂势力相互勾结制造的。

不法分子自己的供述是最有力的证据。一些参与打砸抢烧的不法分子是“藏独”分裂分子花钱雇来的。据来自林芝地区的一名不法分子供认：“他们给我钱，让我去砸东西，还说多砸、多打、多烧，就多给钱，我一天挣了好几百元。”

中国藏学研究中心总干事拉巴平措在回答记者提问时说：“达赖分裂主义集团利用宗教外衣，煽动寺庙僧人，把寺庙作为分裂活动的据点，煽动少数不明真相的僧人作为他们的急先锋，让他们冲在前头。发生在拉萨的打砸抢烧严重暴力犯罪事件，让长期研究西藏、衷心希望西藏人民安乐祥和、富足美满的人们深感义愤和痛心，对暴力活动的组织、策划、煽动者和实施暴力者表示强烈谴责，对政府维护社会正常秩序的行动表示坚决支持。”

对这起打砸抢烧严重暴力犯罪事件，西藏各族人民表示了极大的愤慨和严厉谴责。为了尽快恢复正常的社会秩序，西藏自治区党委、政府迅速组织公安、武警，扑灭火点，救治受伤人员，并加强了对学校、医院、银行和政府机关的安全保卫。对在拉萨街头进行猖狂打砸抢烧的不法分子依法打击，迅速平息了事态，维护了社会稳定，维护了国家法制，维护了西藏各族群众的根本利益。

“3·14”事件是一场在任何国家、任何文明社会都无法得到宽容的赤裸裸的犯罪暴行。

“3·14”事件平息了，但它为我们敲响了警钟：达赖分裂集团和境内外“藏独”势力在西方敌对势力的怂恿支持下，乱我之心不死，反对民族分裂、维护祖国统一的斗争务必常抓不懈。

“3·14”事件平息以后，面对严峻的斗争形势，西藏自治区党委政府进一步加大了反分裂斗争和维护稳定的工作力度。一方面对广大群众采取多种有效形式进行宣传教育，揭批达赖分裂集团披着宗教外衣破坏分裂祖国的罪恶行径，提高国家意识和维护祖国统一、反对民族分裂的思想认识；另一方面采取有力措施，强化组织管理，全民全员参与，做到维稳工作制度化、常态化；突出敏感时期、重大活动、节假日领导双带班三级值班制和全天24小时值班巡逻制，单位党政一把手亲自带班。切实做到“看好自己的门，管好自己的人，办好自己的事”，竭尽全力维护西藏安定团结的大好局面。

我和我的同事们日夜坚守在维护稳定、反对分裂的岗位上，不容懈怠，尤其每逢节假日或敏感时期，24小时在岗带班，有时连续数日回不了家。

第十六篇　快乐的小院

我拉萨的家，在自治区教育厅大院职工宿舍楼一层，两居室。我和爱人都属于不大会玩的人，除了工作，最大的爱好就是看书、听音乐，或者散步。我们还有一个愿望，就是想在门前小院里看到绿色，种点花草或者蔬菜之类的。

一、庭院葱葱

门前的小院，长十余米，宽 4 米，面积不太大，但是足够我们在忙碌的工作之余，营造一个幸福的乐园，享受生活的乐趣。

小院地面铺着水泥，不便挖地种菜，更何况底下大概也是建筑垃圾，有土的可能性极小。

办法总是有的。我们从八廓街杂货店买来几十个花盆，是可以栽种绿植的那种大花盆，后来又陆续买了一些大小不等的各种花盆，最后花盆数量达到了一百多个。

第二步，我们开始四处寻找土壤。拉萨市地处拉萨河中游河谷，遍地都是砂石，想找到能够装满一百多个花盆的土，可不是一件容易的事情。

在司机白玛贡桑师傅的帮助下，我们利用平时晚饭后或者双休日休息时间，开着车，带上铁铲、铁锹、盆、编织袋，甚至把做饭用的漏勺也拿上，到东郊蔡公堂附近的空旷地里寻找土壤。在遍地的砂石里刨着、挖着，铁铲撞击砂石冒出星星点点的火花，手臂被震得发麻，一个不小心，崩起的沙子飞溅到脸上火辣辣地疼。我们把砂土挖起来，把石块拣出去，再用漏勺当筛子把小石子滤掉，漏下的细沙土就像宝贝一样被我们捧起来装入编织袋，拉回小院，小心翼翼地倒入花盆中。经过一段时间的劳动，土收集得差不多了。白玛贡桑师傅又利用假日回老家的机会，从扎囊县拉回来几袋羊粪，掺入花盆土中，浇足水沤起来备用。

种什么呢？我们写信求助黑龙江老家的亲戚朋友，很快就有豆角籽、茄子籽、黄瓜籽、西红柿籽、韭菜籽、生菜籽、白菜籽、香菜籽、藿香籽、小葱籽等蔬菜种子陆续寄到拉萨。

2008 年春，一切准备就绪，我们的小院种植计划开始实施了。说心里话，当时对东北黑龙江的蔬菜种子在西藏拉萨自然条件下能否种植成功，并没有多大把握，只希望即使

远眺布达拉宫

结不出豆角黄瓜西红柿，也能在业余闲暇时间浇浇水拔拔草，观赏植物生长开花的过程，欣赏美丽的绿色，也是一种享受。小院里有花有绿充满生机，那将是多么令人憧憬啊！

我们先用铲子把所有花盆里的土翻一遍，松土、浇水，把种子撒进去，压实，接下来就盼望着它们什么时候能发芽长出来了。

拉萨素有“日光城”美誉，全年日照时间在3000小时以上，太阳照在身上，感觉火辣辣的，而未被太阳照到的部分，却是凉嗖嗖的，真可谓“日晒胸前暖，风吹背后凉”。虽冬无严寒，夏无酷暑，但昼夜温差大。白天，强烈的太阳照晒下，花盆土热乎乎的，水分挥发特别快，晚上就干了，所以需要每天浇水。夜间温度低，需要用塑料薄膜或旧报纸遮盖。

真乃天道酬勤，辛勤劳动很快见到成效。种子发芽了，吐瓣、长叶，秧苗一天天长大，再后来就有小白菜、生菜、香菜可以解馋“打牙祭”了，煮面条的时候放入几片嫩绿的菜叶，吃在口中，美在心里。韭菜也稀稀拉拉地长了出来，开始时又细又少，我们如获至宝般地割下来，请几位朋友来家里一起包韭菜馅饺子，那是我们平生吃得最香的一顿饺子，虽然太少没吃饱，但是永远都忘不了那顿饺子的香味！

豆角秧开花了，西红柿秧开花了，茄子秧、黄瓜秧也都陆续开花了，后来就结出了豆角、西红柿、茄子、黄瓜。长得不太大，但是在我们眼里，那是世界上最美的果实。小院里一百多个花盆里分别长着豆角、黄瓜、西红柿、韭菜、小白菜、小葱、香菜、生菜、藿香等蔬菜。每天下班后，吃过晚饭，散步回来，和朋友们一起坐在小院里欣赏绿色，分享着最高境界的幸福与乐趣，养眼，养心，养胃，养身，其乐无穷！

从那一年开始，我和爱人就把小院作为闲暇时间浇水拔草、观赏植物开花结果、欣赏美丽绿色的乐园。即使到了本该秋叶凋零的深秋，在我那个阳光灿烂的小院里，仍然绿意盎然，生机勃勃。早晨起来，看着欣欣向荣的绿色植物，不禁心生喜悦，拿起相机拍下这不褪色的金秋，留下拉萨幸福生活的纪念。

绿意葱葱

二、民院“第二办事处”

我和爱人从西藏民族学院调到拉萨以后，那个简单而温馨的家就成了民院的“第二办事处”（民院在拉萨设有一个办事处，办公地点也在教育厅院内，负责接待和协调工作）。西藏民族学院因为在内地，经常有干部教师到拉萨出差，诸如开会、办事、函授开班讲课、带学生实习、开展课题调研、驻村扶贫、挂职锻炼等等。我的家住在教育厅，民院出差的人们到了拉萨，很自然就愿意来我家。

每到双休日、节假日，西藏民院到拉萨出差的人们就会不约而同地来到我家，喝茶、聊天、打扑克、下象棋，然后一起动手做饭吃。我不太会做饭，只擅长包饺子。我先把面和好，再买几斤新鲜牦牛肉，剁成肉馅儿，待大家玩够了，就围坐在一起包饺子。人们说着、笑着、唱着，尽享浓浓亲情与“家”的快乐，气氛活跃热烈。记得人数最多的那一天，来了 18 个人，我从八廓街买来十斤牦牛肉，剁成肉馅儿，调好味，拿到大门口旁边的馒头店，请师傅帮我蒸成肉包子，我自己在家里用高压锅煮上粥（高原气压低，烧水 80 度就沸腾了，做饭不用高压锅煮不熟，焖米饭、煮粥、煮面条、煮饺子、蒸馒头都必须用高压锅），大家围坐在一起就着大蒜吃着包子，喝着粥，越吃越香。记得有一次，做了 120 多个肉包子，煮了两锅粥，全部吃光，真开心呀！

在西藏那个艰苦的环境里，人们就像蓝天白云一样简单、率真、热情，其实不在乎吃什么，只要朋友们在一起，开心就好。就这样人们来来往往，常年不断，我家自然就成了大家心目中的民院“第二办事处”。

因为我曾经在民院工作生活了 20 多年，特别喜欢吃民院食堂的馒头和凉皮，民院的同志到拉萨出差，有时候也会给我带来一些。我就把这些好东西冻到冰柜里，慢慢享受“民院情结”，也算是一种奢侈了。

第十七篇 繁荣发展的西藏新闻出版事业

2011年10月，接到自治区党委任命文件，我被调任西藏自治区新闻出版局（版权局）党组书记、副局长。

一、走进西藏自治区新闻出版局

西藏自治区新闻出版局坐落在拉萨市中心的布达拉宫脚下，毗邻龙王潭公园，和西藏人民出版社在同一个大院，单独一座三层小楼。刚从喧闹的大学校园走出来，觉得这里格外安静。

我到新闻出版局的时候，国家正在进行文化体制改革，全面推进社会主义文化大繁荣大发展。在教育战线上摸爬滚

打了 30 多年，调到新闻出版局这个陌生而全新的领域，对我来说，无疑又是一个新的挑战。一切需要从头开始。

对于局领导班子情况，在来新闻出版局报到之前，自治区党委常委、组织部部长尹德明同志和自治区政府副主席多托同志在找我谈话时，简单向我作了介绍。

旺堆局长是我的前任，一位事业心责任心非常强、对西藏新闻出版事业充满深厚感情的藏族同志。我接替他的工作，他热情地向我介绍了新闻出版局的过去、现在乃至下一步的工作设想，细致地介绍了局里的每一位领导成员和同志们。

我的工作搭档是索林局长，他比我早几个月从自治区党委宣传部调到自治区新闻出版局。索林是一位藏族同志，早年毕业于复旦大学新闻系，长期从事理论研究，文笔功底深厚，是西藏思想文化宣传战线的“一支笔杆子”。此前与索林同志并不太熟悉，工作上没有接触，也没有打过交道，只是在一些会议上见过面。

班子成员中，副局长王喜凯同志是来自国家新闻出版总署的援藏干部；副局长央金是班子中相对比较熟悉情况的一位女同志；副巡视员刘立强同志兼任西藏人民出版社社长；副局长龙志刚同志在内地休病假。

到任的第一天，按照惯例，召开了全局机关、所属单位处以上领导干部见面会。自治区党委常委、宣传部部长崔玉英同志和区党委宣传部副部长岗青同志到会，自治区党委组织部副部长强秋同志宣读了任命文件，崔玉英常委对新闻出版局的领导班子及下一步工作提出要求，我和索林同志分别做了简短表态发言。

教育系统与新闻出版系统，尽管跨度不大，但工作范畴各不相同。高等院校的任务是教书育人，培养人才，为社会发展提供人才支持和智力支持。新闻出版的工作目标则是把握正确导向，高举旗帜，围绕大局，推出更多更好更加丰富的精神文化产品。自治区新闻出版局作为政府主管职能部门，负责党和国家关于新闻出版、著作权管理的方针政策和法律法规的宣传贯彻和执行，把握正确的舆论导向和创作导向；承担全区“扫黄打非”日常工作，维护文化安全和文化市场秩序。

隔行如隔山，学习无止境。我的首要任务是，积极配合索林同志，团结一班人，一边工作，一边学习，尽快适应，进入角色。

办公室宽敞明亮，南面一排落地玻璃窗，阳光洒满地面，把屋子照得暖暖的。办公桌后是一排大书柜，里面摆满各类图书。走进办公室的第一感觉，这里充满生机和品位，是个读书学习的好地方。

在新闻出版局工作的日子里，虽紧张繁忙但充实而愉快。西藏新闻出版人艰苦不降标准，缺氧不缺精神，按照党中央和自治区党委的要求，坚持正确导向，选好主题出好书，巩固主流舆论阵地，传承中华文明，培育民族精神，推动社会进步。发挥全国唯一藏文出版基地优势作用，坚持以藏文类精神产品为重点提高供给能力，以人为本，贴近人民，服务人民；实施“农家书屋”工程、“东风工程”、“全民阅读”工程，提高公民素质；开展对外文化交流，走出去，相继在区内区外乃至相邻国家举办书展；加强出版印刷信息化、数字化建设，提高出版印刷质量和效益；开展打击侵权盗版专项行动，推进软件正版化。西藏新闻出版事业正在繁荣发展。

二、文化书屋建设

2011 年，根据国家全面推进文化建设的精神，文化书屋要建到基层。书屋建设的主要目标是，为人民群众提供公益性文化服务，提供阅读书报刊物和收视音像电子产品的文化场所，提高人民群众思想文化素质，满足人民群众日益增长和不断变化的精神文化需求。

自治区新闻出版局作为政府职能部门，对文化书屋建设工作实施组织领导和财政支持，做好服务、指导，把书屋建设作为民生工程的重要组成部分，切实保证文化书屋建得起、立得住、办得好，能发展、有效益。

由于西藏气候恶劣、交通不便、地广人稀、居住分散，在西藏高原建设文化书屋，不像在内地那样简单。但是，这并没有难倒西藏新闻出版人。

经过充分准备，召开了全区文化书屋建设工作电视电话会议，向各地（市）、县周密部署了文化书屋建设工作的目标、任务和要求。会后迅速把一大批藏汉文图书分发到各地（市）、县（区）。

继而，局里又派出了督导工作组，索林局长、王喜凯副局长各亲率一队，驱车数千公里，分赴藏南藏北两线的地（市）县、边防哨所，对文化书屋建设进行实地督导检查。

截至 2012 年底，全区已有地市新华书店 8 家、县级新华书店 74 家，建成了一大批凸显西藏特色的各类文化书屋，农家书屋、寺庙书屋、职工书屋、国门书屋、社区书屋以及许多微型的牧民书屋、学生书屋、警营书屋、边防书屋等遍布全区各个角落。

新闻出版局图书出版发行处每年陆续向各地文化书屋发

实地督查文化书屋建设

送补充图书，在拉萨开展“文明户书架”建设，举办农家书屋精品图书展等活动，深受广大人民群众的欢迎。在此基础上，全面总结农家书屋、寺庙书屋、职工书屋、警营书屋、社区书屋建设工作，开展“星级书屋”评选表彰，大张旗鼓地进行宣传。

有了这些文化书屋，基层群众读书看报、学习知识、收看影视节目就更加方便了。特别是那些守卫国门、远离人迹的雪山哨所战士们，他们把书屋当成自己的家，以书为友，满足精神文化需求。

三、延安干部学院学习

2012年5月初，接到自治区党委组织部通知，选派我到延安干部学院专题学习一个月。到了延安才知道，参加这一期专题学习的学员均是来自全国各省市、自治区和国家有关部委的党员领导干部，专题学习“关于领导干部的党性教育”。

在延安期间，我们上课聆听专题报告、课下分组讨论、撰写个人学习心得，还举办了许多丰富多彩的活动。比如：每天早晨出早操；课前10分钟学唱陕北民歌、学说陕北方言；晚饭后以小组为单位参加歌咏比赛、陕北大秧歌比赛；到宝塔山、杨家岭、枣园、“七大”会址、延安革命纪念馆等实地参观学习，重温入党誓词；南泥湾劳动，住窑洞，体验当年大生产运动，践行“自己动手，丰衣足食，自力更生，艰苦奋斗”的南泥湾精神。在延安期间，晒黑了皮肤，磨练了意志，坚定了党性。学习时间虽然不长，但受益匪浅。

四、扫黄打非

自治区“扫黄打非”工作小组办公室设在新闻出版局，这是一项非常重要的工作。

“扫黄打非”是文化市场管理的一个专业术语，是一项执法活动。“扫黄”是指清理黄色书刊、黄色音像制品及歌舞娱乐场所、服务行业的色情服务，扫除淫秽色情等危害人们身心健康、污染社会文化环境的文化垃圾。“打非”是指打击非法出版物，即打击违反《中华人民共和国宪法》规定的破坏社会安定、危害国家安全、煽动民族分裂的出版物，侵权盗版出版物以及其他非法出版物。

西藏长期处于国家反分裂斗争的前沿，以十四世达赖为首的分裂集团和以美国为首的西方反华势力从来没有停止对西藏的分裂渗透和恶意攻击。他们千方百计把各种各样危害国家安全、煽动民族情绪、策划民族分裂的非法出版物带入境内，在群众中散发。打击非法出版物在西藏是一项长期性的重要工作，把“藏独”宣传品和反动出版物作为打击重点。一经发现或有举报，我们就立刻进入“一线”查案状态，直至侦破为止。

因此，西藏的“打非”任务远比“扫黄”任务更艰巨、形势更严峻，压力也更大，时刻不敢松懈。我们采取常年性的工作措施有：

——各地区“扫黄打非”工作实行信息周报制度，新闻出版局对全区社会综合治理工作评分通报；

——在关键的时间、重要的节点组织开展专项行动；

——对重点地区进行督导检查，针对发现的问题及时跟进督导整改；

——对大案要案重点督办；

——提高“扫黄打非”工作能力，培训队伍，购置分发现代化设备；

——严密进行市场监管和网络监管；

——举办“扫黄打非”成果展览，用真实案例宣传教育人民。

五、推进新华书店转体改制

全国文化体制改革工作会议明确提出，积极推进包括新华书店在内的文化体制改革的步伐，进入攻坚阶段。西藏的新华书店作为国有图书发行单位，同样面临着改制的问题。这是一场广泛而深刻的变革，是摆在我们面前的一个新课题。

然而，在西藏，新华书店到底怎么改？改到什么程度？改制面临的最大问题是：既要改革，更要确保稳定。

索林局长和我多次到新华书店进行调研，与干部职工座谈，了解群众的想法、要求、意见、建议，在此基础上，确定改制方案，慎重分步推进。

当时新华书店的两位领导都已接近退休年龄，且身体多病，请求退休。改制当前，我们首先从选配领导班子做起。在全局系统范围内，公开选拔政治立场坚定、爱党爱国、勇于创新、具有相应任职年限和工作能力的干部。在广泛民主推荐的基础上，按照严格的干部考察组织程序，任命西藏人民出版社副社长益西坚村同志担任新华书店总经理，又分别

从西藏新华印刷厂和自治区新华书店内部选拔聘用了两名年轻干部担任副总经理。毛泽东主席说过："政治路线确定之后，干部就是决定的因素。"新的领导班子带来了新观念、新活力、新风气、新面貌。经自治区政府同意，国家新闻出版总署《关于西藏自治区新华书店转企改制实施方案的批复》下达之后，进一步统一思想，从西藏实际出发，充分考虑员工的切身利益和新华书店发展问题，在确保政治稳定的前提下，新华书店从清产核资、完善管理、人员安置、社保衔接等环节逐步实施，并实行周报制度，稳步顺利地推进转企改制工作。

第十八篇　依依西藏情

当年我们一起进藏的哈尔滨师范大学中文系76·4班（西藏班）的同学自从1979年7月毕业抵达拉萨以后就分布到西藏各地，有些人一别就再未见过面。虽然距离遥远，但我们始终互相关心、互相支持。后来不论是坚守高原成为“老西藏”的，还是陆续调回内地的，我们班同学的心始终都被浓浓的西藏情结凝聚在一起，不管谁走到哪里，只要有老同学，就有我们的“家”。

2005年7月8日，我在《献给76级中文系“校友录”》中写道：

在1976年的秋季，
我们于哈师大中文系相聚。
虽然彼此都很陌生，

但又似乎那样熟悉。
来自不同地方，
各自不同经历，
为了一个共同的目标：
志愿为建设新西藏尽力。
从此，
你认识了我，
我熟悉了你，
一个崭新的环境，
我们组成了新的集体。

在这里，
我们不但有了班主任、辅导员，
而且有了班长和书记。
四个小组，
宛若四个方队，
每位同学都尽情挥洒青春与活力。
我们笑过、哭过、吵过、闹过，
甚至谁和谁还打过……
一切的一切，
如今都是美好的回忆；
所有的所有，
都将永久存储在我们的脑海里。

年轻的故事真好，
随着时间推移，
越来越显珍贵。

转眼二十六载过去，
当年的青丝已成两鬓华发，
天各一方的我们，
生出越来越深的牵挂！
期待着雪域高原再相聚，
76·4班的历史档案中，
将记下重重的一笔。
让我们互相祝福，
好人一生平安！
让我们共同祈愿：
西藏的明天更美！

2012年12月16日，我和爱人朱凤相在拉萨开往北京的列车上，看着窗外一路的风景，不禁感慨在西藏这么多年来的点滴往事，于是写下了：

回　首

——西藏，我与你同行

永不停息的雅鲁藏布江水，波涛滚滚，一直向前，向前……

仿佛一眨眼的工夫，34 个年头就悄无声息地逝去了。

经历过岁月的洗涤，渴望心静如水的感觉。然而那些似乎已被遗忘的如烟往事，在火车奔驰的震动中，又撩起飘零的思绪。

打开尘封的记忆，许许多多往事，还是历历在目——

回首 34 年，哦——西藏，我一直在与你同行！

曾记得，1979 年，大学毕业之初，带着北方姑娘特有的泼辣和好奇，简装西行；

曾记得，翻越唐古拉穿越青藏线时，八天八夜的汽车颠簸、高原反应、脑袋的胀痛和满身的尘土；

曾记得，第一次圆满完成任务时的兴奋和自信；

曾记得，第一次下乡被烈马甩下的尴尬和疼痛；

曾记得,第一次尝酥油茶、喝青稞酒、吃生牛肉时的感觉;

还有多少曾记得,还有多少的忘却,让我们慢慢想起……

34 年，我们经历了什么？

是从铁皮平房到高楼大厦的变化，还是从泥巴路到柏油路的跨越？

是从青藏铁路到铁龙天路的延伸，还是从有线电话到程控光纤宽带互联网的飞跃？

是从罐头、蛋粉、腊肉的单调到一片片绿色大棚里新鲜蔬菜的丰富，还是从衣服色调单一的青灰蓝到多姿多彩的赤橙黄绿？

——比比皆是的巨大变化，让古老的青藏高原焕发出与祖国同步的蓬勃生机！

34 年，我们庆幸自己能够与祖国西藏共同进步；

34 年，亲眼见证了西藏改革开放的一幕幕壮阔波澜；

34 年，亲身经历了改变西藏人民生活的一个个大事件；

34 年，西藏的发展变化，一次又一次地印证了一个真理：国家振兴则民族振兴，民族团结则国富民安！

34 年，许许多多“老西藏”，还有我的各族同事、同学、朋友们，和西藏百万人民一道艰苦奋斗，在平凡岗位上默默无闻地牺牲着健康、爱情、亲情，在雪域高原谱写着生命的赞歌，铸就着人生的辉煌。他们，就是我赞美的格桑花！

34 年过去了，白驹过隙，乌丝生华发。略有些许自豪的是，没有虚度年华。

待退休回到家乡颐养天年，含饴弄孙，和老伴儿一起坐在那个摇椅上，再给孩儿们讲讲爷爷奶奶的故事：

——那里是青藏高原，那里有遍地的格桑花开！

后 记

由于西藏的特殊自然环境和高原缺氧气候，随着年龄增大，我和爱人的身体都不同程度地出现了高原性疾病，越来越感到工作力不从心。那一年我两次住进医院。适逢西藏自治区政府下发了“64 号文件”，明确规定在西藏工作满 25 年以上，身体患有严重疾病难以坚持正常工作的干部职工，可以提前退休。我和爱人朱凤相再三考虑身体状况，双双递交了申请报告。在自治区党委、政府的关怀下，朱凤相提前两年退休，我离岗休养，后于 2015 年正式退休，异地安置定居北京。夫妻相携，安度晚年。

有人说，西藏是一个做梦都想去，去一次就再也忘不了的地方，因为那里是天堂。

我觉得，凡是从西藏回来的人，都有难以割舍的西藏情结，因为那是个美丽而又神圣的地方，是一个要用诚心去体验，永远铭刻在心灵深处，让人无法释怀的地方！

离开西藏有几年了，我的心却总是忘不了西藏。怀念西藏的蓝天白云，怀念西藏的神山圣水，更怀念那些曾经同甘共苦的藏汉族同事、朋友，多少次梦中醒来泪湿枕边。欣慰的是，西藏的朋友尼玛次仁、刘立强、拉巴次仁、米玛、央金、杨红、多吉仁青、顿珠、王积瑞、张红伟、金梅青、向海英……，与他们的每一次相聚都是那么欢乐，每一个电话、每一条微信，传递的都是真诚问候与深情牵挂。

2017 年 10 月，德央老阿妈带着孙女和曾孙来北京了，刚到北京，老阿妈就兴高采烈地打电话告诉我她已经到北京，非常想念我！听到德央阿妈熟悉的声音，我别提有多高兴，忙不迭地跑去看望她，邀请她们来到家里。老阿妈特别开心，用一口流利的普通话给我讲拉萨的许多新鲜事儿、西藏藏医学院的新变化，还告诉我她家院子里的葡萄树又结了很多葡萄吃不完，很想给我带些来。德央老阿妈穿着典雅的藏装，身体还是那么硬朗，面色还是那么红润，笑声中永远是那样充满幸福感。送别时，我们恋恋不舍地相拥约定：明年再来！

2018 年 10 月，西藏民族大学迎来建校 60 周年华诞，习近平总书记亲致贺信。我和朱凤相应邀前往参加庆典活动。曾经工作二十多年的民大校园，老校区焕然一新，新校区初见规模，综合办学水平大幅提高。老朋友们相见分外亲，手拉着手，有说也说不完的知心话。

2019 年 9 月，大次仁教授来京参加中央党校西藏民族干部第 69 期培训班，利用周末时间来家里看望我们，还送来一幅寓意健康长寿的白度母唐卡，让我们感受到浓浓的民族深情。

2019 年 11 月，西藏藏医药大学迎来建校 30 周年庆典，学校邀请我前往拉萨参加庆典活动。西藏藏医药大学是我魂牵梦绕的地方，我多么想回去看看啊！但由于身体原因而未能如愿成行，万分遗憾。

2019 年 12 月，白玛贡桑陪夫人卓玛来京开会。老朋友相见，一起回忆那些曾经的往事，一起游览五台山，还相约明年两家结伴游三峡。

……

西藏岁月让我无法忘怀，往日一幕幕的人生片段时不时涌现眼前，挥之不去。

终于有一天，我萌发出想写点啥的念头。原本打算写一篇散文，没想到一发而不可收。我是怀着一颗感恩的心，在激情的催动下写成了这部小书。书稿以本人大学毕业赴藏工作生活的亲身经历、成长足迹为主线，以日记、笔记、信件、回忆为基础，以真实的时间、地点、人物、事件为素材，从一个侧面记录了 20 世纪七八十年代内地大学毕业生投身新西藏建设、在艰苦条件下不断成长、走向成熟的过程。从西藏高等教育和新闻出版文化事业的发展进步、西藏社会和人民生活水平不断提高的视角，赞颂民族团结，讴歌“老西藏”精神，赞美西藏人民的优秀品质。在党中央的英明领导和全国人民大力支援下，一个团结、富裕、文明、和谐的社会主义新西藏正呈现出无限光明的发展前景。

写作过程中，我一次次被感动，经历着心灵的洗礼，写着写着难掩感慨激动，几度哽咽。30多年来，在我的周围那么多同事、同学、朋友以及后来一批又一批区内外大学毕业生和援藏干部，不辱使命，艰苦奋斗，为建设新西藏无私奉献，其中有很多感人的故事。个人水平有限难以全部展现，只能取其一隅，以花喻人。

写作期间，有幸得到西藏人民出版社领导、编辑，还有大次仁、张廷芳、王积瑞、仁青拉姆等朋友的热情指导和帮助，这里一并表示诚挚感谢！